지금 이순간
나에게
꼭 필요한 한마디

지금 이순간 나에게 꼭 필요한 한마디

글 | 로저스 쉴러 외   구성 | 윤성
펴낸이 | 최병섭   펴낸곳 | 이가출판사
초판1쇄발행 | 2014년 8월 10일
출판등록 | 1987년 11월 23일
주   소 | 서울시 영등포구 도신로51길 4
대표전화 | 716-3767   팩시밀리 | 716-3768
E-mail | ega11@hanmail.net
ISBN | 978-89-7547-097-4 (03810)

지금 이순간 나에게 꼭 필요한 한마디

이가출판사

내가 걷는 길은 험하고 미끄러웠다.
나는 자꾸만 미끄러져 길바닥 위에 넘어지곤 했다.
그러나 나는 곧 기운을 차리고 내 자신에게 말했다.

"괜찮아. 길이 약간 미끄럽긴 하지만 낭떠러지는 아니야."

나는 천천히 걸어가는 사람이다.
그러나 뒤로는 가지 않는다.

에이브러햄 링컨

세상의 중심에서
인생의 지도를 그려나갈 당신에게

"나는 날마다 모든 일에서 점점 잘 되고 있다."

긍정을 일깨우는 에밀 쿠에의 말이다.

사람은 누구나 독자적인 세계를 마음속에 구축하지만 그 구축된 세계는 그 사람이 인생을 어떻게 보고 어떻게 살아가느냐에 따라 달라진다. 낙천적이고 긍정적인 사람은 지혜와 통찰력으로 자신의 인생을 성공적으로 건설할 뿐만 아니라 자신의 목표를 이룰 수 있는 훌륭한 삶을 살아간다.

이 책에 실린 글들은 그런 훌륭하고 성공적인 삶을 이룰 수 있도록 도움을 주려고 노력하였다. 각 글이 말하고자 하는 의미를 새기며 읽다 보면 인생의 각 순간순간마다 드는 많고 복잡한 생각의 방향을 지혜롭게 잡아줄 것이다.

자부심을 갖고 꼿꼿하게 머리를 세우고 목표를 향해 한 발짝씩 나아가라며 힘을 북돋아 주고, 때로는 지금 내가 삶속에 발을 담그고 열심히 살고 있는지 자신의 존재와 행위에 대해 심각하게 생각해 볼 것을 권유하기도 한다. 사는 게 힘들 때도 있지만 당신만 그런 것은 아니라고… 그래서 시련 때문에 마음이 급해

져서 오히려 일을 그르칠 수 있으니 천천히 매듭을 풀어 가면 된다며, 당신은 잘할 수 있다고 용기를 주고 있다. 하지만 최고가 된다는 것은 불가능을 넘어서도록 스스로를 채찍질한다는 의미라면서, 열정과 노력의 끈을 놓치지 말 것을 권한다.

> 일정한 단계에 도달한 후에도
> 오히려 스스로 자만하지 않는 마음을 가지고
> 백척간두에서도 다시 태산을 찾아
> 바라고 또 바라기를 미처 보지 못한 듯이 하여
> 힘껏 노력하다가 죽은 후에야
> 그만두기를 목표로 삼아야 한다.

230여 년 전의 정조 임금도 인생 목표를 삼았다면 죽을 때까지 힘껏 노력하며 살아가라고 말하고 있다.

이 책은 당신이 무엇을 원하는지 알고 원하는 것을 이루기 위해 매일 가슴 뛰는 일을 하며 자기 존재의 완전함을 깨닫고, 실제로 그런 삶을 살아가기를 바란다.

자기 속에 감추어진 무한한 힘을 믿고 당당하게 인생을 걸어가라. 한발을 내딛는 순간 어떤 일이 벌어질지 알 수 없지만 자신이 선택한 그 길을 의심하지 말고 자신감을 갖고 꿋꿋하게 걸어가면 당신은 반드시 성공할 것이다.

하지만 성공은 도착에 있는 것이 아니라 결단코 그 여정에 있음을 잊지 않기를 바란다. *

contents

1

내면의 소리에 집중하라

머리말 · 세상의 중심에서 인생의 지도를 그려나갈 당신에게 _ 6

자부심을 갖고 머리를 높이 세우자 _ 14
삶 속에 뛰어드십시오 _ 16
나는 습관입니다 _ 18
당신은 잘할 수 있습니다 _ 20
백척간두에서도 한걸음 나아가기 _ 24
나는 믿는다 _ 25
당신의 각본을 쓰십시오 _ 28
바람을 거스를 때도 _ 30
당신도 할 수 있습니다 _ 31
가라앉지 말고 떠 있으십시오 _ 33
나는 날마다 잘 되고 있다 _ 34
너로서 살아가라 _ 35
최고가 된다는 것 _ 36
당신을 목수라고 생각하십시오 _ 37
가슴 뛰는 일을 하라 _ 38
비가 오지 않으면 무지개를 볼 수 없다 _ 40
성공에 이르는 계단 _ 41
사람은 모든 일에 익숙해진다 _ 42
여행 _ 44
인생에 정면으로 맞서다 보면 _ 46
내가 누군가 _ 47
길 _ 48

가파른 경사지를 오르다 _ 49
인생 계획서 _ 50
두려워하지 마십시오 _ 52
알 필요가 있는 것 _ 55
포기하면 안 되지 _ 56
마음만 먹으면 언제라도 일어설 수 있다 _ 58
전체를 보도록 하십시오 _ 59
신비의 힘을 인정하는 마음의 여유 _ 60
천천히 가는 사람이 빨리 도착한다 _ 62
챔피언처럼 행동하라 _ 64
삶이 하나의 놀이라면 _ 66
사는 연습 _ 68
신뢰의 속도만큼 빠른 것은 없다 _ 69
실현가능한 목표 _ 70
지금 시작하라 _ 71
오직 하나인 특별한 당신 _ 74
모든 것은 물처럼 흐르고 _ 77
지금의 그대를 _ 78
명성에 붙들리는 사람이 되라 _ 80
몸과 마음을 준비하는 습관 _ 81
단 한 번밖에 없는 인생 _ 82
슬프고 괴로운 일을 만나거든 _ 83

2

긍정의 생각이 기회를 만든다

인생은 살아가면서 탐구하는 것이다 _ 86

거부당하는 것에 대한 두려움 _ 88

세상은 매순간 당신을 초대한다 _ 89

타인의 아름다움 _ 90

지금 출발하라 _ 91

시간은 돈이 아니다 _ 92

우직함이야말로 감사해야 할 능력이다 _ 94

이것이 내가 꿈꾸던 것이었나 _ 95

다른 길은 없다 _ 96

거절할 줄 알라 _ 98

절실함이 큰 사람을 만든다 _ 100

끝을 생각하라 _ 101

털어놓고 이야기하십시오 _ 102

잘못된 길을 가고 있다는 신호 _ 103

나무는 서서히 성장해야 한다 _ 104

다음 골목 _ 106

내일 _ 107

화에 책임져라 _ 109

타인이 나를 어떻게 본다 하더라도 _ 110

짐을 지기에 합당한 사람 _ 111

너의 길을 가라 _ 112

오늘 아침 _ 113

어디로 가는가 _ 114

왜 _ 115

행복하십시오 _ 116

간절히 원하십시오 _ 118

과거와 화해하는 작업 _ 120

시간 사용법 _ 121

낡은 생각 떨쳐내기 _ 122

능숙하게 지는 법 _ 123

강한 신념 _ 124

나무는 죽지 않는다 _ 126

휴식 _ 127

적극적인 말 _ 128

지금 하려고 하는 일을 할 것인가 _ 129

가장 아름다운 나무 _ 131

아름다운 꿈을 향하여 _ 132

지옥으로 가는 길 _ 133

그런 사람 _ 134

걱정은 쓸모없다 _ 136

세상사가 그렇다 _ 138

성공이라는 버스 _ 139

용기 있는 한 사람이 다수를 이끈다 _ 140

풀리지 않는 문제 _ 141

contents

3

큰일은 가볍게, 작은 일은 무겁게 생각하라

잠시 후면 _ 144

살아남는 사람 _ 146

낮춤과 희생 _ 147

인간은 고통은 느끼지만 _ 148

노력이 성공을 만든다 _ 149

좋은 결과에 만족하지 말라 _ 150

인생이란 _ 151

잠시 뒤를 돌아보자 _ 152

운명의 결정은 선택 _ 153

당신의 생각을 관찰하라 _ 154

성공의 열매 _ 156

운이 있다고 말하는 사람 _ 157

보이지 않는 열매 _ 158

가장 힘든 때 _ 159

사람은 절망에 속는다 _ 160

땅벌 _ 162

행복의 밑거름 _ 163

남을 위한 일이 나를 위한 일이다 _ 164

훈련이 만든 삶 _ 165

삶은 바꾸어질 수 있다 _ 166

침묵은 미덕이다 _ 169

행복은 당신 안에 _ 170

큰일은 가볍게, 작은 일은 무겁게 생각하기 _ 172

오늘의 나를 죽여야 내일의 내가 태어날 수 있다 _ 173

길을 만들어 걸어가면 _ 174

만일 그대가 _ 175

시간의 두 얼굴 _ 176

인생의 성공 _ 178

두 갈래의 물 _ 180

세상은 돕는다 _ 181

실 _ 182

열정이 있는 사람의 말은 설득력이 크다 _ 183

낙담하지 말라 _ 184

지옥으로 향하는 가장 안전한 길 _ 185

지금 _ 186

종이에 자신의 마음을 써보라 _ 187

인생은 선택의 연속 _ 188

삶에 맞서라 _ 189

운명의 주인 _ 191

지난 과오를 책망하지 말라 _ 192

사람의 마음 _ 194

쉬운 일과 어려운 일 _ 195

내 마음속의 진리 _ 196

칭찬인 줄 알았다 _ 197

4

생각의 차이가 남과 다르게 만든다

이런 사람은 걱정하지 않습니다 _ 202

꿈은 희망을 낳는다 _ 204

늘 경계를 늦추지 마라 _ 206

시간의 착각 _ 208

슬퍼하지 마라 _ 209

힘들 때 웃는 건 일류다 _ 210

삶의 이치 _ 211

관계 _ 212

말 _ 213

만일 _ 214

나의 길을 가는 데에 인생이 있다 _ 218

끈을 새롭게 여며야 _ 219

살아남은 사람 _ 220

현재의 삶이 미래가 된다 _ 221

무지는 비극이다 _ 222

쇠보다 강철이 강한 이유 _ 223

습관을 정복하라 _ 224

성공의 경로 _ 225

두 가지만 있으면 된다 _ 226

단단한 힘 _ 227

서두르지 마라 _ 229

나를 찾는 길 _ 230

미로 같은 인생 _ 231

미켈란젤로 동기 _ 232

살아가기 _ 233

평범한 성공은 벌한다 _ 234

부당한 비난은 무시하라 _ 235

새벽이 되면 _ 236

포기할 줄 알면 절반은 이룬 것이다 _ 237

생동감 넘치는 삶을 살라 _ 238

사람들과 함께 있을 때 _ 240

행복한 사람 _ 242

놀고 즐기는 일 _ 243

끝나지 않은 투쟁 _ 244

미래는 꿈 _ 245

모두 자기 자신에게 _ 246

불행 _ 247

마음속 소유물 _ 248

마음의 운동 _ 249

성공의 법칙 _ 250

남의 성공을 도와주면 _ 251

기적 _ 253

사소하지만 중요한 일 _ 254

아쉬움을 남겨두어라 _ 255

날마다 바쁜 생활 가운데서도

매일 적어도 두세 시간 가량

자신의 내면세계에 침잠하여

저 위대한 침묵의 소리를 들을 수 있다면

그 얼마나 멋진 일이겠는가.

1

내면의 소리에 집중하라

자부심을 갖고 머리를 높이 세우자

밖으로 나갈 때는 언제나
얼굴을 바로 하고 고개를 높이 들어
가슴 깊이 상쾌한 공기를 들이마시자.
그리고 햇볕을 마음껏 즐기자.

친구들을 만날 때는 웃는 얼굴로 대하고
악수를 할 때는 한결같이 정성을 다하도록 하자.

오해받을 것을 두려워하지 말고
남의 눈을 의식하는 일로 시간을 낭비하지 말자.

마음속으로 하고 싶은 일을 확실하게 정했다면
주저하지 말고 목표를 향하여 전력 질주하자.

크고 멋진 목표를 생각하면서
늘 그것에 집중하고 있으면
머지않아 염원하는 그 목표를 달성하는 데 필요한
기회가 반드시 손안에 들어오게 된다.
마치 끊임없이 흐르는 바닷물 속에 잠긴 산호초가
아무도 모르게 영양분을 섭취하는 것과 마찬가지로.

마음속으로 자신이 생각하는
이상적인 인물을 계속해서 떠올린다면
자기 자신도 차츰
그와 같은 인물에 가까워져 갈 것이다.

무엇인가를 열심히 생각하는 일은 확실히 멋진 일이다.
언제나 올바른 정신 상태를 유지해야 한다.
그것은 곧 훌륭한 결과를 낳게 한다.

이 세상 모든 것은
바라는 염원이 있었기에 생겨난 것들이다.
진정한 마음으로 갈망하는 것은 반드시 이루어진다.
사람은 마음먹은 대로 발전할 수 있다.

자! 자부심을 갖고 머리를 높이 세우자.
그러면 우리는 한 발짝 한 발짝
목표를 향해 가까이 다가서게 될 것이다.

앨버트 허버트

삶 속에 뛰어드십시오

단지 숨을 내쉬고 들이쉬기 때문에
살아있다고 말할 수는 없습니다.
삶이란 흥분을 안겨주는 사건이니까요.
당신은 정말 충분히 살아있다고 생각합니까?

당신은 5년 후의 당신을 어떻게 그려 보십니까?
당신은 무엇이 되고 싶습니까?
당신은 목표를 달성하기 위해
무엇을 생각하고 말하고 행동하고
또 희망합니까?

당신은 진실로 삶 속에 뛰어들었습니까?
아니면 아직도 물가에서 몸을 떨며 서 있습니까?

당신은 오늘, 내일 그리고 다음 주를 위해
무엇을 계획하였습니까?
당신이 계획하고 있는 모든 것은
당신의 미래에 어떠한 영향을 미치리라 생각합니까?

당신은 당신의 존재가
이 세상에 어떠한 영향을 끼치는지
생각해 본 적이 있습니까?

M. 메리 마고

나는 습관입니다

나는 언제나 당신 곁을 떠나지 않는 동반자일 수 있고
가장 충실한 조언자일 수도 있고
가장 무거운 짐일 수도 있습니다.

나는 당신을 밀어 올릴 수도 있고
실패의 나락으로 끌어 내릴 수도 있습니다.

당신은 당신의 일 가운데 절반을
나한테 떠넘길 수 있습니다.
그러면 나는 순식간에 정확하게 해결합니다.

나를 다루는 일은 쉽습니다.
나를 꽉 붙잡고 있기만 하면 됩니다.
일을 어떻게 했으면 좋은지 정확하게 보여만 주십시오.
몇 번만 연습하면 나는 자동으로 해냅니다.

나는 모든 위인의 하인입니다.
하지만 실패자의 하인이기도 합니다.

위대한 사람이라면 나는 위인을 만들어 냅니다.
게으른 자라면 나는 실패자로 만들어 냅니다.

나는 기계처럼 정확하게 움직이지만 기계는 아닙니다.
인간의 지성을 가지고 있을 따름입니다.

당신은 나를 움직여 이득을 볼 수도 있고
파멸을 맞을 수도 있습니다.
어느 쪽이든 나한테는 아무 상관없습니다.

나를 꽉 붙잡고 훈련시키십시오.
그러면 당신에게 이 세상을 드리겠습니다.

나를 편히 놓아주시면 당신을 파멸로 인도할 것입니다.
나는 바로 습관입니다.

카네기 명언집 중에서

당신은 잘할 수 있습니다

사는 것이 힘이 들 때가 있습니다.
어쩌면…!

'나 혼자 이런 시련을 당하고 있는지 모른다' 라는
생각을 하게 될 때도 있습니다.
그러나 잠시 뒤를 돌아보면
우리는 참 많은 시련을 잘 이겨냈습니다.

처음 우리가 세상을 볼 때를 기억하나요.
아마 아무도 기억하는 이 없을 겁니다.
그러나 우리는 그렇게 큰 고통을 이기고
세상에 힘차게 나왔습니다.

다시 한 번 생각해 보십시오.
얼마나 많은 시련을 지금까지 잘 견뎌 왔는지.
지금 당신이 힘들어 하는 것도
시간이 지나면 웃으며
'그때는 그랬지' 라는 말이 나올 겁니다.

가슴에 저마다 담아 둔 많은 사연과 아픔들
그리고 어딘가에서 수없이 많은 사람들이
함께 시련을 이겨내고 있을지도 모릅니다.

지금 당장 어떻게 하느냐에 따라서
당신이 가진 시련이 달라지거나
변화되는 것은 아닙니다.
그냥 그런 아픈 마음이 많을수록
하늘을 보고 웃어보세요.

그렇게 웃으며 차근히 하나씩
그 매듭을 풀어가면 됩니다.
'언제 그 많은 매듭을 다 풀지?' 라고 생각한다면
더 답답할 겁니다.
생각을 너무 앞질러 하지 마세요.

다만 앉은 채로 하나씩 풀어보는 겁니다.
그렇게 문제와 당당히 마주 앉아 풀어보면 언젠가는
신기하게도 그 매듭이 다 풀려져 있을 겁니다.

그때가 되면
너무나 아무것도 아닌 일에
시련이라는 단어를 붙였었구나 하는 생각이
스쳐 지나갈 겁니다.

당장 찡그리거나 가슴 아파해서
달라지는 것이 있다면 그렇게 하세요.
그러나 그렇게 해도 달라지는 것이 없다면
힘차게 웃으며 달려가시길 바랍니다.

그리고 시간이 지난 후
풀벌레 소리와
시원한 큰 나무 밑에서 편안하게 쉬며
웃고 있을 당신의 모습을 발견하게 됩니다.

당신은 잘할 수 있습니다.

지금 당신이 힘들어 하는 것도 시간이 지나면 웃으며
'그때는 그랬지' 라는 말이 나올 겁니다.

백척간두에서도 한걸음 나아가기

일정한 단계에 도달한 후에도
오히려 스스로 자만하지 않는 마음을 가지고
백척간두에서도 또 한걸음 나아가고
태산의 정상에서도 다시 태산을 찾아
바라고 또 바라기를
미처 보지 못한 듯이 하여
힘껏 노력하다가 죽은 후에야
그만두기를 목표로 삼아야 한다.

조선 정조 임금

나는 믿는다

제일 깊은 바닷속도
제일 높은 산도
제일 힘센 동물도 믿을 수 없다.
오로지 사람만이 믿을 수 있다.
사람의 성공 높이는 자신의 믿음의 깊이로 결정된다.

인간은 뿌린 대로 거둔다는 불변의 우주법칙을
나는 믿는다.
기회는 책임을 가져온다.
실패는 가장 좋은 교사다.
그리고 공정한 경기는 누가 옳은가보다
무엇이 옳은가를 추구한다.

성실한 노동으로 흘러내린 이마의 땀은
인생의 가장 영광스런 모습이며
일의 존엄성과 가치를 보여주는 것은
자신의 지위와 가치를 증가시키는 것이며
만족은 온몸으로 기울인 노력에서 온다.

성실과 충성심으로 결합된 자기 인정과 개인적 성장은

인간에게 성공과 행복에 필요한

내적인 평화와 힘을 주며

성실과 신앙 그리고 인격은

더할 나위 없는 위대함의 기초다.

내가 행하는 것은 너희도 할 수 있다고 한

예수의 말씀을 나는 믿는다.

인간은 신의 모습 속에서 창조되었으며

성취를 위해 설계되었고

성공을 위해 만들어졌으며

위대하게 될 소질을 갖고 있다는 사실을

나는 믿는다.

이런 사실을 믿는다면

인간은 그 누구도 경멸하지 말아야 한다.

산다는 것은 사랑하는 것이며

사랑하는 것은 돕는 것이며

돕는 것은 조력과 구걸의 차이를

이해하는 것이라는 사실을
나는 믿는다.

다른 사람이 소망하는 것을 얻도록 충분히 도움을 주면
우리가 인생을 통하여 얻고 싶은 모든 것을 얻을 수 있다.
우리는 믿고 사랑하기 때문에
인생에 있어서의 우리의 목적은
당신과 자신을 돕는 것이다.

지그 지글러

당신의 각본을 쓰십시오

당신 삶의 각본은 아직도 쓰이고 있는 중입니다.
당신이 바로 그 각본의 지은이입니다.
그러니 당신이 원하는 대로 쓰십시오.
물론 여러 가지 도전이 있겠지요.
그러나 극복할 어려움이 없다면
어떻게 위대해질 수 있겠습니까.

지금 이 순간 당신이
자신의 사망기사를 쓰고 있다고 상상해 보십시오.
당신은 자기 일생의 과업에 만족하십니까?
만약 만족하지 않는다면
당신의 삶이 아직도
완성되지 않았음을 기억하십시오.
오늘은 바로 당신을 위해 있는
적절한 시점입니다.

다시 시작하십시오.
당신은 최선의 당신이 될 수 있는 힘을
아직 가지고 있습니다.

늘 기억하십시오.

결코 이미 늦지는 않았다는 것을.

당신의 맥박을 짚어보십시오.

당신은 아직도 살아 있지 않습니까?

당신 앞에 놓인 도전에 감사하십시오.

지금 전진하십시오.

M. 메리 마고

바람을 거스를 때도

바람이 부는 대로 이리저리
떠돌아다니는 것은 올바른 인생이 아닙니다.
때로는 목적지에 도착하기 위해
바람을 거슬러가야 할 때도 있습니다.

인디언의 지혜

당신도 할 수 있습니다

아주 좁고 험한 산길 입구 모퉁이에
'네, 당신도 할 수 있습니다' 라는 푯말이 서 있습니다.
그 길은 너무 좁아서
운전자들은 모두 차를 멈추고
무사히 빠져나갈 수 있을지 망설이고 있습니다.
잠시 후 그들은 그 길을 통과할 수 있다는 것을
그래야만 목적지에
도달할 수 있다는 사실을 믿으며 노력합니다.

지금 당신이 하는 일을 믿으십시오.
그 일을 수행하는 당신의 능력을 믿으십시오.
이처럼 스스로를 믿는 것은
어떤 확신을 갖는다는 것이고
또 당신이 무슨 일이든 할 수 있다고 믿는 것은
무슨 일이든 이룰 수 있다는 증거입니다.

산모퉁이의
'네 당신도 할 수 있습니다' 라는 푯말은
바로 당신의 것이어야 합니다.

P. 마이어

당신은 당신이 밟고 가야 할 넓은 물위를
다 밟고 싶지 않을 때가 있을 겁니다.

가라앉지 말고 떠 있으십시오

살아가노라면
끈기 있게 지속하기 어려울 때가 많이 있습니다.
고생스러울 때도 있고
두려울 때도 있고
피곤하고 아프고 화가 날 때도 있습니다.
그리고 몹시 실망스러울 때도 있습니다.

당신은 당신이 밟고 가야 할 넓은 물위를
다 밟고 싶지 않을 때가 있을 겁니다.
당신은 그만 모든 것을 포기하고
꿀꺽꿀꺽 물을 마시며
빠져버리고 싶을 때가 있을 겁니다.

그러나 참고 견디십시오.
가라앉지 말고 떠 있으십시오.
그러노라면 사정이 좋아질 겁니다.
왜냐하면 당신 자신이 사정을 좋게 만들 수 있는
그런 사람이기 때문입니다.

M. 메리 마고

나는 날마다 잘 되고 있다

매일 아침
다음 문장을 세 번만 중얼거려 보십시오.

"나는 날마다 모든 일에서 점점 잘 되고 있다."
"나는 날마다 모든 일에서 점점 잘 되고 있다."
"나는 날마다 모든 일에서 점점 잘 되고 있다."

에밀 쿠에

너로서 살아가라

존재와 행위 중에
어느 하나를 택할 필요는 없듯이
빠름과 느림 중에
어느 한 가지 속도로만 살아갈 필요는 없습니다.
흙은 부드러워서 좋은 것이고
돌은 딱딱하기에 나쁜 것일 수 없듯이
빠름과 느림도 좋고 나쁨의 관계가 아닙니다.
문제는 빠름이 아니라 조급함이며
느림이 아닌 게으름이기 때문입니다.
게으름에서 벗어나는 것도
진정한 행복을 만나는 것도
그리고 삶에서의 성공도 결국은 하나입니다.
자기로서 살아가는가의 문제입니다.

로저스 쉴러

최고가 된다는 것

최고가 된다는 것은
불가능을 넘어서도록
스스로를 채찍질한다는 의미입니다.

주변 모든 사람들이 할 수 없다고 말할 때도
자신의 능력을 믿는 것입니다.
내리막이라고요?
어림없는 소리입니다.
나는 다시 정상에 섰고
거기서 내려오느냐 마느냐는
나의 자발적인 선택과 결단의 문제일 뿐입니다.

나디아 코마네치

당신을 목수라고 생각하십시오

혹시 지금 이 순간에 최선을 다하기보다는
마지못해 하는 척하지는 않습니까?
중요한 순간에 최선을 다하고는 있습니까?

우리는 지금 우리가 손수 지은 집에서
살고 있는 셈입니다.
우리가 살 집을 손수 짓는다는 것을 미리 알았더라면
우리는 전혀 다른 자세로 일에 매달렸을 것입니다.

당신을 목수라고 생각하십시오.
당신의 집을 짓는다고 생각하십시오.
그리고 지혜롭게 당신의 집을 지으십시오.

당신의 인생은 당신이 짓고 있는 것입니다.
단 하루 살고 말 집이라도 그 집에서의 삶은
지나온 과거와 순간순간 선택의 결과입니다.
또한 당신 미래의 삶은
당신이 오늘 취하는 태도와
오늘 결정하는 선택의 결과입니다.

가슴 뛰는 일을 하라

가슴 뛰는 일을 하라.
그것이 당신이 이 세상에 온 이유이자 목적이다.

그런 삶을 사는 것이 실제로
가능하다는 사실을 당신은 깨달을 필요가 있다.
자신이 원하는 방향으로
삶을 이끌어 나가는 힘은 누구에게나 있다.

두려움을 믿는 사람은
자신의 삶도 두려움으로 가득차게 만든다.
사랑과 빛을 믿는 사람은
오직 사랑과 빛만을 체험한다.
당신이 체험하는 모든 것은
당신이 무엇을 믿고 있는가에 따라 결정된다.

자신의 삶을 사는 일
충분히 자신의 모든 부분을 살아가는 일
자기 존재가 이미 완전하다는 것을 깨닫는 일
지금 당신에게 필요한 것은 그것이다.

삶은 당신이 생각하는 것보다 훨씬 단순하다.
진정으로 가슴 뛰는 일을 하고 있다면
모든 것이 당신에게 주어질 것이다.
우주는 무의미한 일을 창조하지 않는다.
당신이 가슴 뛰는 삶을 살 때
우주는 그 일을 최대한 도와줄 것이다.

다릴 앙카

비가 오지 않으면 무지개를 볼 수 없다

날씨로 그날을 판단하지 마십시오.
인생에서 가장 중요한 것은 물질이 아닙니다.
진실로 기억할 것은 그리 많지 않습니다.
부드럽게 말하고 화려한 셔츠를 입으십시오.

목표란 모호한 것이어서
목표가 있는 화살은 절대로 빗나가지 않습니다.
장난감을 가장 많이 갖고 있는 사람이 죽는다고 해도
죽는 건 죽는 것입니다.
나이는 상대적이어서
언덕 정상을 오르고 나면 속도가 빨라집니다.

부자가 되는 길에는 두 가지가 있는데
더 버는 것과 욕심을 덜 내는 것입니다.
아름다움은 내면적인 것이고
외모와는 아무런 상관이 없습니다.

비가 오지 않으면 무지개를 볼 수 없습니다.

인디언의 지혜

성공에 이르는 계단

당신은 지금 성공에 이르는
계단의 입구에 서 있습니다.
주위에 수많은 사람들이 몰려 있는 것을 보고
걱정과 불안이 앞섭니다.
하지만 처음의 한 계단을 올라 보면
금방 알 수 있습니다.
올라간 곳은 입구에 비해
훨씬 비어 있을 것입니다.
자기에게는 어려운 일이라며
계단을 쳐다보기만 하면서
그냥 서 있는 사람들이 많기 때문입니다.
성공의 계단은 위로 오를수록
한가하게 비어 있습니다.
용기를 내어 일단 한 계단을 올라보십시오.

사람은 모든 일에 익숙해진다

사람은 모든 일에 익숙해진다.

슬픔도

기쁨도

고난도

영광도

혼자 사는 것도

둘이 사는 것도

그리고 사랑도

문제는 그 익숙함이 어디서 오는가에 달려 있다.

어떤 사람은 자기극복을 통해서

익숙함을 얻을 수 있고

어떤 사람은 포기와 절망을 통해서

익숙해질 수 있다.

그러나 게으름이나 타성에 의해서 익숙해지는 것은

위험한 일이다.

레마르크 개선문

나의 성공은 도착이 아니라 그 여정에 있다.

여행

길을 선택해야만 했을 때
나는 서쪽으로 난 길을 택했다.
길은 유년기의 숲에서 성공의 도시로 이어져 있었다.

내 가방에는 지식이 가득했지만 두려움도 들어 있었다.
내가 가진 가장 소중한 재산은
그 도시의 황금 문으로 들어가리라는 이상이었다.

도중에 나는 건널 수 없는 강에 이르렀고
내 꿈이 사라지는 것만 같아 두려웠다.
하지만 나무를 잘라 다리를 만들고 강을 건넜다.
여행은 내가 계획한 것보다 더 오래 걸렸다.
비를 맞아 몹시 피곤해진 나는
배낭의 무거운 것들을 버리고 걸음을 재촉했다.

그때 나는 숲 너머에 있는 성공의 도시를 보았다.
나는 생각했다.
'마침내 난 목적지에 도착했어. 온 세상이 부러워할 거야!'
도시에 도착했지만 문이 잠겨 있었다.

문 앞에 있는 남자가
눈살을 찌푸리며 목쉰 소리로 말했다.
"당신을 들여보낼 수 없어. 내 명단에 당신의 이름은 없어."

나는 울부짖고 비명을 지르고 발길질을 해댔다.
내 삶은 이제 끝이라는 생각이 들었다.
그때 처음으로 나는 고개를 돌려
내가 걸어온 동쪽을 바라보았다.
그곳까지 오면서 내가 경험한 모든 일들을.

도시에는 들어갈 수 없었지만
그것이 내가 승리하지 못했다는 뜻은 아니었다.
나는 강을 건너고 비를 피하는 법을 스스로 배웠다.
그리고 무엇보다 마음을 여는 법을 배웠다.
때로는 그것이 고통을 가져다줄지라도.

나는 알았다.
삶은 단순히 생존하는 것 이상임을.
나의 성공은 도착이 아니라 그 여정에 있음을.

낸시 함멜

인생에 정면으로 맞서다 보면

인생에 정면으로 맞서다 보면
누구나 시련이라는 강펀치를 얻어맞게 되어 있습니다.
아무리 근성이 있는 사람이라도
맨 처음 맞는 한 대는
정말 아프게 느껴지는 법입니다.
하지만 두 대째부터는 별로 아프지 않습니다.
처음 한 대로 맞은 곳이 마비되었기 때문입니다.
사람들은 한 대만 맞으면 그 아픔이
언제까지나 계속될 거라고 생각하기 때문에
무서워서 다가서지 못합니다.
하지만 아프게 느껴지는 것은
처음에 맞는 한 대뿐입니다.
인생에 정면으로 맞서며 살아가는 사람은
처음의 한 대를 일찌감치 경험한 사람입니다.

내가 누군가

내가 누군가.

지금 이 상황에서
바람직한 것과 바람직하지 않은 것이 무엇인가.
누가 동지이고 누가 적인가.
내 능력은 어느 정도인가.
어떤 방법을 적용할 것인가.
여기서 얻을 이득은 얼마인가.
내 천운은 어떤가.
장애는 무엇인가.
상대의 제안에 어떻게 대처할 것인가.

일의 성사를 위해 늘 깨어 있는 사람
성공은 그의 손에 있다.

인도의 지혜

길

위험을 감수하더라도
선택한 한 길만을 계속 따라가야 하고
다른 길들은 포기해야 한다.

하지만 최악은 그것이 아니다.
가장 최악은
자신이 그 길을 제대로 선택했는지
평생 의심하며 그 길을 가는 것이다.

파울로 코엘료

가파른 경사지를 오르다

가파른 경사지를 오르며 생각한다.
내가 올라야 했던 모든 산과
내발에 멍이 들게 했던 모든 바위와
내가 흘려야 했던 모든 피와 땀과
앞이 안 보이는 폭풍과
살이 타는 것 같은 더위에 대해
내 마음은 감사에 찬 노래를 부르나니
이들이 나를 강하게 만들어 주었다.

제임스 케이시

인생 계획서

난 인생 계획을 세웠다.
청춘의 희망으로 가득한 새벽빛 속에서
난 오직 행복한 시간만을 꿈꾸었다.

내 계획서에는 화창한 날들만 있었다.
내가 바라보는 수평선에는 구름 한 점 없었으며
폭풍은 신께서 미리 알려주시리라 믿었다.
슬픔을 위한 자리는 존재하지 않았다.
이 계획서에 난 그런 것들을 마련해 놓지 않았다.
고통과 상실의 아픔이 길 저 아래쪽에서
기다리고 있다는 걸 난 내다볼 수 없었다.

내 계획서는 오직 성공을 위한 것이었으며
어떤 수첩에도 실패를 위한 페이지는 없었다.
손실 같은 건 생각지도 않았다.
난 오직 얻을 것만 계획했다.
비록 예기치 않은 비가 뿌릴지라도
곧 무지개가 뜰 거라고 난 믿었다.

인생이 내 계획서대로 되지 않았을 때

난 전혀 이해할 수 없었다.

크게 실망했다.

하지만 인생은 나를 위해 또 다른 계획서를 써놓았다.

현명하게도 그것은 나에게 존재를 알리지 않았다.

경솔함을 깨닫고 더 많은 걸 배울 필요가 있을 때까지.

이제 인생의 저무는 황혼 속에 앉아서 난 느낀다.

인생이 얼마나 지혜롭게

나를 위한 계획서를 만들었나를.

그리고 난 이제 안다.

그 또 다른 계획서가 나에게는 최상의 것이었음을.

글래디 로울러

두려워하지 마십시오

두려워하지 마십시오.
당신은 가장 훌륭한 사람만큼이나 훌륭하며
가장 강한 사람만큼이나 강합니다.
당신이 모든 싸움이나 시험에서 승리할 수 있는 것은
당신 같은 사람이 세상에 둘도 없기 때문입니다.

오늘 이 세상에 존재하는 당신은 오직 하나뿐입니다.
당신만큼 훌륭히 당신의 일을 처리할 수 있는 사람은
아무도 없습니다.
세상에 존재하는 당신은 오직 하나뿐입니다.

그러니 세상을 직시하십시오.
삶은 모두 당신의 것입니다.
정복하며 사랑하며 살아가십시오.
그러면 영원한 행복을 발견할 것입니다.
자신이 추구한 만큼의 행복을.

당신이 소유하지 못할 것은 없습니다.
아무리 높은 곳이라도 오를 수 있습니다.

당신의 능력도 당신의 생각 그 이상입니다.
그 사실을 알아야만 합니다.

두려워하지 마십시오.
당신은 할 수 있고 또 할 것입니다.
왜냐하면 당신은 무적이니까요.

저 높은 언덕을 향해 오르십시오.
당신이 할 수 없는 일은
아무것도 없습니다.

카네기 명언집 중에서

비가 내리면 땅이 젖는다는 것쯤은 알 필요가 있다.

알 필요가 있는 것

당신이 꼭 어떤 사람이어야만 하는 건 아니다.
당신이 꼭 어떤 일을 해야만 하는 건 아니다.
이 세상에 당신이 꼭 소유해야만 하는 것도 없고
당신이 꼭 알아야만 하는 것도 없다.
정말로 당신이 꼭 무엇이 될 필요는 없다.
하지만 불을 만지면 화상을 입고
비가 내리면 땅이 젖는다는 것쯤은
알 필요가 있을 것이다.
그러면 살아가는 데 도움이 될 테니까.

일본 교토의 어느 선원에 걸린 글

포기하면 안 되지

이따금 일이 잘 풀리지 않을 때
험한 비탈을 힘겹게 올라갈 때
주머니는 텅 비었는데 갚을 곳은 많을 때
웃고 싶지만 한숨지어야 할 때
주변의 관심이 오히려 부담스러울 때
필요하다면 쉬어가야지.
하지만 포기하면 안 되지.

인생은 우여곡절 굴곡이 많은 법
사람이라면 누구나 깨닫는 바이지만.

수많은 실패들도 나중에 알고 보면
계속 노력했더라면 이루었을 일.
그러니까 포기는 말아야지
비록 지금은 느리지만
한 번 더 노력하면 성공할지 누가 알겠는가.

성공은 실수와 안팎의 차이
의심의 구름 가장자리에 빛나는 희망

목표가 얼마나 가까워졌는지는 아무도 모를 일
생각보다 훨씬 가까울지도 모르지.

그러니 얻어맞더라도 싸움을 계속해야지.
일이 안 풀리는 시기야말로 포기하면 안 되는 때.

에드거 앨버트 게스트

마음만 먹으면 언제라도 일어설 수 있다

살다보면 누구나 실패할 때가 있다.

결과가 좋지 않을 때도 있다.

그럴 때 절대로 그런 현실에 끌려 다녀서는 안 된다.

엎지른 물 때문에 상처는 크겠지만

지나간 일은 지나간 일로 잊는 것이 좋다.

그러나 왜 물을 엎질렀는지

꼼꼼하게 따지고 반성해야 한다.

그리고 그 일은 깨끗이 잊어버려야 한다.

인생이란 시련의 연속이며 우여곡절도 많고

어떤 일이 일어날지 알 수 없다.

주위 사람들 모두가 부러워할 만한

행운을 만날 때도 있고 예상치 못한 불운을 겪기도 한다.

그러나 인생의 명암을 가르는 것은

행운이나 불운에 달려 있지 않다.

어렵고 힘들다고 희망을 버려서는 안 된다.

또 성공할수록 감사하는 마음을 잊어서도 안 된다.

항상 긍정적인 마음으로

자신이 할 수 있는 일부터 전력을 다해야 한다.

인간은 마음만 먹으면 언제라도 다시 일어설 수 있다.

전체를 보도록 하십시오

당신이 두 가지 중 한 가지를 결정하려 할 때면
50년 안경을 쓰고 보십시오.
그리고 그것이 어떤 것이든 자세히 들여다보십시오.

50년 후에 돌아보았을 때
그것이 참으로 문제가 되지 않을 거라면
지금 크게 문제 삼을 필요가 없습니다.

예를 들어
초록색 스웨터를 살지, 빨간 스웨터를 살지
아니면 햄버거를 먹을지, 핫도그를 먹을지
그런 선택 말입니다.
먼 앞날을 바라보며 일이 이어지게 하십시오.

그러나 일단 선택을 할 때에는
다른 사람들을 잊지 마십시오.
당신이 중요하게 생각지 않은 일이
그들에게는 매우 중요할지도 모르기 때문입니다.
항상 정신 차리고 생각하십시오.

M. 메리 마고

신비의 힘을 인정하는 마음의 여유

상식적으로 이해할 수 없는 일을 들으면
그 존재조차 인정하지 않으려는 사람이 있습니다.
그러나 세상에는
우리가 이해할 수 없는 일들이 수없이 많습니다.
이해할 수는 없지만
신비한 힘이 존재한다는 사실을
인정하는 것이 중요합니다.
신비의 힘은 신비의 힘을 인정하는 사람에게만
힘을 빌려 줍니다.
성공하는 사람은 신비의 힘을 이해할 수는 없지만
인정하는 사람입니다.
마음에 여유가 있을 때
신비의 힘을 믿을 수 있기 때문입니다.

당신에게 주어진 고통보다는 축복을 먼저 생각하고
잃어버린 것보다는 얻은 것을 생각하십시오.

슬픈 일보다는 즐거운 일을 생각하고
사이가 나쁜 사람보다는 친구를 생각하십시오.

눈물 흘릴 때보다는 미소 지을 때를 생각하고
두려울 때보다는 용기가 생길 때를 생각하십시오.

흉년보다는 풍년이었을 때를 생각하고
남에게 불친절했던 일보다는 친절했던 일을 생각하십시오.
재산보다는 건강을 먼저 생각하고
당신 자신보다 이웃을 사랑하십시오.

천천히 가는 사람이 빨리 도착한다

천천히 가는 사람이 종종
더 빨리 도착하기도 한다.
이런 사람은
무언가에 쫓겨 미친 듯이 달리는 게 아니라
중요한 것에만 집중하기 때문이다.

시간을 가지고 느림을 충분히 향유하라.
무엇이든 빨리 해야 한다는 생각에 전염되지 말라.
인내심을 배우고
열중하는 습관을 갖도록 하라.
영혼은 단단해지고
당신의 삶도 성공하게 될 것이다.
인내와 기다림은 인간적인 삶에 속한다.

인내는 변화를 감당해낼 수 있는 힘이 숨어 있다.
인내에는 시간이 필요하다.
자신뿐만 아니라 타인에게도 시간을 주어야 한다.

인내심을 가지고 자신을 지켜보고
기다림을 아는 사람만이
자신의 성숙함에서 꽃피운 열매를 수확할 수 있다.

살다보면 삶이 순조롭지 못한 경우가 올 것이다.
그럴 때는 적당한 시기가 올 때까지
기다릴 수 있어야 한다.

살아가면서 겪게 될 중요한 순간도 마찬가지다.
결정을 내리기에 충분할 만큼
시간이 성숙할 때까지 기다려야 한다.

우리는 자신을 빠른 시간에 변화시킬 수 없다.
변화는 서서히 눈치 채지 못하는 사이에
우리를 찾아온다.

안젤름 그륀

챔피언처럼 행동하라

챔피언이 되기 위해서는
챔피언처럼 행동해야 한다.
당신은 어떻게 이겨야 하는지를 배워야 하고
당신이 졌을 때도 도망치지 않아야 한다.
모든 사람들은 어려운 시기를 겪을 때도 있고
진짜 성공을 누리기도 한다.
어떤 쪽이든지
자신감을 잃지 않도록 해야 하며
너무 자만심으로 가득차지 않도록 해야 한다.

낸시 케리건

살다보면 삶이 순조롭지 못한 경우가 올 것이다.
그럴 때는 적당한 시기가 올 때까지 기다릴 수 있어야 한다.

삶이 하나의 놀이라면

삶이 하나의 놀이라면 이것이 그 놀이의 규칙이다.
당신에게는 육체가 주어질 것이다.
좋든 싫든 당신은 그 육체를
이번 생 동안 갖고 다닐 것이다.

당신은 삶이라는 학교에 등록할 것이다.
수업 시간이 하루 스물네 시간인 학교에.
당신은 그 수업을 좋아할 수도 있고
쓸모없거나 어리석은 것이라 여길 수도 있다.
하지만 충분히 배우지 못하면
같은 수업이 반복될 것이다.

그런 후에 다음 과정으로 나아갈 것이다.
당신이 살아 있는 한 수업은 계속된다.

당신은 경험을 통해 배울 것이다.
실패는 없다.
오로지 배움만이 있을 뿐.

이곳보다 더 나은 그곳은 없다.

다른 사람들은 모두 당신을 비추는 거울이다.

어떤 삶을 만들어 나갈 것인가는

자신에게 달려 있다.

필요한 해답은 모두 자신 안에 있다.

그리고 태어나는 순간

당신은 이 모든 규칙을 잊을 것이다.

체리 카터 스코트

사는 연습

걱정 없는 인생을 바라지 말고
걱정에 물들지 않는 연습을 하라.

알랭

신뢰의 속도만큼 빠른 것은 없다

신뢰의 속도만큼 빠른 것은 없다.

신뢰의 관계만큼 만족스러운 것은 없다.

신뢰를 보내는 것만큼 사람들을 고무시키는 것은 없다.

신뢰의 경제학만큼 높은 수익을 가져다주는 것은 없다.

신뢰의 평판만큼 영향력이 큰 것은 없다.

스티븐 M. R. 코비

실현가능한 목표

목표를 알 수 없는 것과
지금 어디쯤 와 있는지 알 수 없는 불안만큼
힘든 일은 없다.

이것은 마라톤을 할 때
만약 피니쉬 라인이 제시되어 있지 않으면
도저히 달릴 수 없는 것과 마찬가지다.

목표가 너무 멀리 있는 것이나
실현이 어려운 것은
의욕도 흐지부지되어 버린다.

달성할 수 있을 듯한 일로 목표를 설정하는 것이
그 포인트다.

노미타 타카시

지금 시작하라

지금 시작하라.
꽃을 피우고 싶으면 뜰로 나가 나무를 심어라.
지금 나무를 심지 않으면
향기로운 꽃내음을 맡을 수 없다.
당신은 언제나 꽃을 바라보는 사람일 뿐
꽃을 피우는 사람은 될 수 없으니까.

지금 말하라.
사랑하고 싶으면 지금 사랑한다고 말하라.
표현되지 않는 사랑으로 그를
당신 곁에 머물게 할 수 없다.
사랑의 목소리가 어디선가 들려오면
그는 그곳을 향해 아무런 아쉬움 없이 떠날 테니까.

지금 칭찬하라.
칭찬 한 마디가 생각나면
지금 가까이 있는 이에게 말하라.
당신이 머뭇거리고 있는 동안
그는 다른 곳으로 가버릴 것이고
다시는 똑같은 친절의 기회가 오지 않을 테니까.

지금 사랑하라.

행복한 가정을 만들고 싶으면 지금 가족을 사랑하라.

부모님은 아쉬움에 떠나고 아이들은 너무 빨리 커버려

사랑을 전할 시간이 얼마 남지 않았으니까.

사랑하는 사람은 언제나 곁에 있지 않는다.

지금 시작하라.

하고 싶은 일이 있으면 지금 시작하라.

지금 시작하지 않으면

그 일은 당신으로부터 날마다 멀어져

아무리 애써 손을 뻗어도 닿지 않을지 모르니까.

지금 뿌려라.

좋은 사람이 되고 싶으면

지금 좋은 생각의 씨앗을 뿌려라.

지금 뿌리지 않으면

당신의 마음 밭에는 나쁜 잡초가 자라

나중에는 아무리 애써 좋은 생각의 씨앗을 뿌려도

싹조차 나지 않을지 모르니까.

지금 하라.

할 일이 생각나거든 지금 하라.

오늘 하늘은 맑지만 내일은 구름이 보일지 모른다.

어제는 이미 당신의 것이 아니니 지금 하라.

내일은 당신의 것이 안 될지도 모르니까.

지금 불러라.

불러야 할 노래가 있다면 지금 불러라.

당신의 해가 저물면 노래를 부르기에는 늦다.

당신의 노래를 지금 불러라.

오직 하나인 특별한 당신

물론 당신은 특별하기를 원합니다.
누구나 다 그렇듯이 말입니다.
그런 소망은 숨 쉬는 것만큼
자연스럽고 정당한 것입니다.
그런데 여기 아주 기쁜 소식이 있습니다.
그것은 당신이 이미 특별하다는 것입니다.

당신은 누구와도 다른 유일한 존재입니다.
당신은 다른 모든 사람과는 다른
유일무이한 사람입니다.
이 세상의 어느 누구도
당신과 똑같은 사람은 있어본 적도 없고
앞으로도 없을 것입니다.

뿐만 아니라 당신은 아직 완성되지 않았습니다.
당신은 자라고 있습니다.
당신은 더욱더 특별해지기 위해
자라나는 과정에 있습니다.
삶의 모든 재료는 당신 주위에 널려 있습니다.
그 재료들을 당신 성장을 위해 사용하십시오.

그것은 당신이 더욱 완전히
당신 자신이 되는 길이기 때문입니다.
최선의 당신
가장 유일한 당신
그 누구도 아닌 당신
유사한 당신이 아니라
바로 진정한 당신 말입니다.

그러니 스스로 자라도록 하십시오.
바로 이 순간은 되풀이되지 않는
바로 그 사람이 될 수 있는 유일한 기회입니다.
당신은 단 한 번 이 삶을 누릴 수 있을 뿐입니다.
시간은 짧습니다.
어제는 이미 지나갔으니 오늘을 사십시오.

자신이 자라도록 힘씀으로써
특별한 존재가 되십시오.
지금 시작하십시오.

M. 메리 마고

흐르는 물이 다르듯
발을 담그는 나 자신도 늘 변하고 있다.

모든 것은 물처럼 흐르고

해마다 똑같은 꽃들이 피어나지만
사람은 그렇지 않다.
그러나 변하는 것이 어찌 사람뿐이랴!
올해 핀 꽃도 자세히 살펴보면
작년에 피었던 꽃은 아니다.
만물은 유전한다.
모든 것은 물처럼 흐르고
같은 시냇물에 다시 발을 담글 수도 없는 법.
흐르는 물이 다르듯
발을 담그는 나 자신도 늘 변하고 있다.

인생을 응시하고
인생의 진실을 생각한다면
인생에 있어서 모든 기회는
단 한 번뿐이라는 사실을 명심해야 한다.
오늘은 오늘로서 영원한 것.
오늘 흘려보낸 하루는 영원히 다시 돌아오지 않는다.

게오르그 짐멜

지금의 그대를

바람에 뒤척이는 풀잎처럼 춤추며 살 일이다.
나는 풀씨처럼 가볍게 살 일이다.
온 대지에 은은한 향기 풍기며 살 일이다.
하늘 향해 눈부신 생명력을 내뿜으며 살 일이다.
어제와 내일은 보내신 이의 시간이고
나의 시간은 오직 이 순간뿐이다.
온갖 근심과 고뇌는 나를 지으신 분의 몫이니
나는 그저 살아있음의 기쁨을 누릴 뿐이다.

나는 어차피 내 주변 몇 사람의
생각 속에서 살아가는 존재다.
내가 죽어 단 몇 십 년 만 지나도
세상은 나를 까맣게 잊는다.
그대 무엇을 위하여 그다지 고뇌하는가.
다만 지금의 그대를 한껏 즐겁고 아름답게 살라.

그리고 그대 주변의 사람들을 기쁘게 해주어라.
그대의 지난날조차도 스스로 기억하지 못하거든
그 누가 먼 훗날 그대의 지난날을 기억하겠는가.

그러니 모든 것을 다 내려놓고
그저 지금 이 순간을 더불어 기쁘게 살라.

모든 죄는 잊히고 용서되며 지워질 것이나
그대 스스로 영혼이 남아있거든 먼 훗날 후회할 것이다.
다만 즐겁게 살지 않은 채
사소한 것에 너무나 심각했던 것은 죄이다.

명성에 붙들리는 사람이 되라

명성은 자기 스스로 구해서 얻는 것이 아니라
남이 자연적으로 주는 것이어야 한다.
명성을 찾아서 뛰는 자는
명성을 따라잡지 못한다.
그러나 명성으로부터 도망치는 자는
명성에게 붙들리고 만다.

탈무드

몸과 마음을 준비하는 습관

좋은 커피숍의 커피는 오랫동안 마시고 있어도
좀처럼 식지 않습니다.
커피가 특별해서가 아니라
커피 잔을 미리 따뜻하게 데워 놓았기 때문입니다.
컵이 차가울 때는 아무리 뜨거운 커피를 붓더라도
금방 식어버립니다.
기회를 커피라고 한다면
당신은 기회를 기다리는 컵입니다.
애써 붙잡은 기회를 식지 않게 하려면
먼저 자신의 몸과 마음을
따뜻하게 데워 놓을 필요가 있습니다.
아무리 뜨겁고 맛있는 커피라고 하더라도
잔이 식어있는 상태라면
금방 제 맛을 잃어버리게 될 것입니다.

단 한 번밖에 없는 인생

인생의 길이는 수명으로 결정되는 것이 아닙니다.
중요한 것은 몇 년 동안 죽지 않고 버텼느냐가 아니라
얼마나 좋아하는 일을 하며 살았느냐 입니다.
아무리 오랫동안 살아 있었다 하더라도
자기가 좋아하는 일을 하지 않고 살았다면
무슨 의미가 있을까요.
대부분의 사람들은
좋아하는 일을 하기 위해서가 아니라
오히려 하지 않기 위해
열심히 참으면서 살아갑니다.
그리고 그러한 삶을 죽는 날까지 계속합니다.
이것은 결국 한 번도 태어나지 않은 채
죽어 가는 것과 마찬가지인 것입니다.
단 한 번밖에 없는 인생.
진정으로 자기가 좋아하는 일을 하다가
마감하고 싶지 않습니까?

슬프고 괴로운 일을 만나거든

슬프고 괴로운 일을 만나거든
이렇게 생각하십시오.
'지금 내가 당하고 있는 괴로운 일은
앞으로도 있을 것이고
다른 사람들도 당하는 일이다' 라고.

또 이렇게 생각하십시오.
'이런 일은 오늘 처음 있는 괴로움이 아니고
과거에도 있었던 일인데 다만 지금은
잊어버리고 무관심하게 되었을 뿐이다' 라고.

당신을 괴롭히고 슬프게 하는 일은
단지 하나의 시련일 뿐이라고 생각하십시오.
쇠는 뜨거운 불에 달구어야 강해집니다.
당신도 지금 당하고 있는 시련을 통해서
더욱 굳센 마음을 지니게 될 것입니다.

아우렐리우스

몇 번씩이나 무언가를 계획하지만

실행하지 못한다면

그건 바로 지옥을 준비하는 것과 마찬가지다.

2

긍정의 생각이 기회를 만든다

인생은 살아가면서 탐구하는 것이다

사람들은 작은 상처를 오래 간직하고
큰 은혜는 금방 망각해버린다.
상처는 꼭 받아야할 빚이라고 생각하고
은혜는 돌려주지 않아도 될 빚이라고 생각하기 때문이다.
대부분의 사람들은 인생 계산을 그렇게 한다.
나의 불행에 위로가 되는 것은 타인의 불행뿐이다.
그것이 인간이다.

억울하다는 생각만 줄일 수 있다면
불행의 극복은 의외로 쉽다.
상처는 상처로밖에 위로할 수 없다.
세상에 숨겨진 비밀들을 배울 기회 없이
살아간다는 것은 몹시 불행한 일이다.
그것은 마치 평생 동안 똑같은 식단으로
밥을 먹는 것과 같이 불행한 일이다.

인생은 짧다.
그러나 삶속의 온갖 괴로움이 인생을 길게 만든다.
소소한 불행에 대항하여 싸우는 것보다는
거대한 불행 앞에서 차라리 무릎을 꿇는 것이
훨씬 견디기 쉬운 법이다.

인생은 탐구하면서 살아가는 것이 아니라
살아가면서 탐구하는 것이다.
실수는 되풀이 된다.
그것이 인생이다.

제아무리 강한 사람도
살면서 눈물을 흘릴 때가 있다.
우리는 친구의 어깨를 붙잡고 울기도 하고
남몰래 이불 속에서 웅크리고 누워
고독의 눈물을 주체하지 못하기도 한다.

때로는 우리의 진실을 오해하는 사람들 앞에서
참담한 눈물을 흘릴 때도 있다.

혹시 그대가 사람들 앞에서
눈물을 보여야 할 때가 있다면
가능한 한 사려 깊어야 한다.
진실이 진실로 통하지 않는 순간에서
눈물만큼 훌륭한 언어는 없기 때문이다.

거부당하는 것에 대한 두려움

당신은 거부당하는 것을 경험하려 하지 않는다.
그래서 거부에 대한 두려움은
마음속에서 점점 더 커져 가고
당신은 더욱더 피하려 한다.

자신에게 거부를 경험하도록 허용하면
거부에 대한 두려움은
점점 작아져서 마침내 깜박거리게 된다.
이 깜박임은 계속될 것이다.
그것은 섬세함의 성질이기 때문이다.
두려움은 깜박임으로 남아 있지만
설령 거부당하더라도
당신이 느끼는 것은 그것이 전부일 것이다.

꺼질 듯이 깜박거리는 희미한 불빛
이 정도는 당신에게 문제되지 않을 것이다.
문제는 거부당하는 경험을 회피하려는
당신의 모든 행위에서 발생한다.
당신은 그 과정에서 삶에 무감각해진다.

레너드 제이콥슨

세상은 매순간 당신을 초대한다

당신이 꼭 좋은 사람이 되어야만 하는 것이 아니다.
참회를 하며 무릎으로 기어
사막을 통과해야만 하는 것이 아니다.
다만 당신 육체 속에 있는
그 연약한 동물이 원하는 것을 할 수 있게 하라.

나에게 당신의 절망에 대해 말하라.
그러면 나의 절망에 대해 당신에게 말하리라.
그러는 사이에도 세상은 돌아간다.

태양과 비는 풍경을 가로질러 지나간다.
풀밭과 우거진 나무들 위로 산과 강 위로
그러는 사이에도 기러기는 맑고 푸른 대기를 높이 날아
다시 제 집으로 향해 간다.

당신이 누구든 얼마나 외롭든
세상은 매순간 당신을 초대하고 있다.
흥분하는 기러기처럼 당신을 부르며
사물들 속에 당신의 자리를 거듭거듭 선언한다.

메리 올리버

타인의 아름다움

타인에게서 가장 좋은 점을 찾아내어
그에게 이야기해 주십시오.

우리는 타인의 칭찬 속에 자라왔습니다.
그리고 그것이 우리를 더욱 겸손하게 만들었습니다.
그 칭찬으로 하여
사람은 더욱 칭찬 받으려고 노력하는 것입니다.

진실한 의식을 갖춘 영혼은
자신보다 훨씬 뛰어난 무엇을 발견해 낼 줄 압니다.

칭찬이란 이해입니다.
근본적으로 우리는 누구나 위대하고 훌륭합니다.

누군가를 아무리 칭찬한다 해도 지나침은 없습니다.

타인 속에 있는 위대함과
아름다움을 발견하는 눈을 기르십시오.
그리고 찾아내는 대로
그에게 이야기해 줄 수 있는 힘을 기르십시오.

메리 헤스켈

지금 출발하라

최고로 큰 기관차라고 해도
정지하고 있을 때에는
8개의 차바퀴 앞에
1인치 정도의 조그만 나뭇조각만 놓아도
절대로 달릴 수가 없다.
하지만 같은 기관차가
시속 100킬로미터의 속력으로 달릴 때에는
두께가 50센티인 철근이라고 해도
능히 뚫고 달릴 수 있다.
일단 전기를 일으키기만 하면
그 어떤 장애물도 능히 뚫고 나갈 수 있는 것이다.
문제는 출발이다.
인간의 가능성은
주로 잠을 자고 있는 경우가 많다.
당신의 행동에 시동을 걸어라.
그리고 지금 출발하라.

시간은 돈이 아니다

당신이 인생에서 원하는 일을 할 수 있는 시간이
얼마나 남았는지 가늠할 수 있는가.

제아무리 건강한 스무 살 청춘이라 해도
앞으로 남아 있는 시간은
몇 년 혹은 몇 달 혹은 며칠
아니 어쩌면 단 몇 시간뿐일 수도 있다.

당신으로선 알 수 없는 노릇이다.
그렇기 때문에 더더욱 행복하고
만족스러운 삶을 방해하는 것들에
시간을 낭비해선 안 된다.

시간은 돈보다 더 값진 것이다.
시간은 인생이며 행복이다.
시간은 또 우리의 가장 값진 일용품이다.
인생의 모토를 '시간은 돈이다' 에서
'시간은 행복이다' 로 바꿔라.

그러면 균형 있고 만족스러운 생활을
이끌어 나갈 수 있을 것이다.

분별력 있게 시간을 써라.
오늘 당신의 시간은
인생에서 정말로 중요한 일들로 채워져야 한다.

어니 J. 젤린스키

우직함이야말로 감사해야 할 능력이다

만일 지금 성실하게 일하는 것밖에 내세울 것이 없다고
한탄하고 있다면
그 우직함이야말로 감사해야 할 능력이다.
천재나 위인이라고 불리는 사람들은
지속의 힘을 깨닫고 그것을 자기화한 사람들이다.
제아무리 위대한 업적도
사소한 것들을 착실하게 쌓는 데에서부터 출발한다.

이나모리 가즈오

이것이 내가 꿈꾸던 것이었나

지금 하는 일이 편안하고 익숙해질수록
스스로에게 질문해보라.

이것이 내가 꿈꾸던 것이었나?

항상 목표를 점검하라.
머물고 싶은 달콤함이 발목을 잡아끌수록
떨치고 일어나
다시 길을 떠나야 한다.

토마스 바샵

다른 길은 없다

자기 인생의 의미를 볼 수 없다면
지금 여기
이 순간
삶의 현재 위치로 오기까지
많은 빗나간 길들을 걸어왔음을 알아야 한다.
그리고 오랜 세월 동안
자신의 영혼이 절벽을 올라왔음도 알아야 한다.
그 상처
그 방황
그 두려움을.
그 삶의 불모지를 잊지 말아야 한다.
그 지치고 피곤한 발걸음들이 없었다면
오늘날 이처럼 성장하지도 못했고
자신에 대한 믿음도 갖지 못했으리라.
그러므로 기억하라.
그 외의 다른 길은 있을 수 없었다는 것을.
자기가 지나온 그 길이
자신에게는 유일한 길이었음을.

지금 여기, 이 순간
삶의 현재 위치로 오기까지
많은 빗나간 길들을 걸어왔음을 알아야 한다.

거절할 줄 알라

다른 사람들에게 모든 것을 허락해서는 안 된다.
거절하는 일도 허락하는 일만큼 중요하다.

한 사람이 '아니요'라고 말하는 것이
여러 사람이 '네'라고 말하는 것보다 더 가치가 있다.
미화된 거절이 무미건조한 허락보다
더 만족을 주기 때문이다.

그러나 언제나 '아니오'라고 말하는 사람들이 많다.
그것으로 그들은 다른 사람의 모든 것을 망쳐 놓는다.

그들의 입에서 언제나 거절의 말이 떨어지다 보면
나중에 모든 것을 허락해도
사람들은 더이상 그를 인정하지 않는다.
이미 거절의 말로 일을 망쳐 놓았기 때문이다.

그러니 매사를 곧바로 거절해서는 안 된다.
오히려 간청하는 사람이
점차 자기 환상에서 벗어나도록 천천히 유도하라.

그리고 무엇이든 완전히 거절하지 마라.
이는 그 사람의 의타심을 단호히 뿌리치는 것이 된다.

거절의 쓰라림을 조금은 덜어주기 위해
언제나 약간의 희망을 남겨 두어야 한다.
또 호의를 표시할 수 없을 때는
정중함으로 그 구멍을 메꾸어라.
네, 아니오를 말하기는 쉽지만
그전에 오랜 생각이 필요하다.

발타자르 그라시안

절실함이 큰 사람을 만든다

외로운 신하와 서자로 태어난 사람은
그들의 마음가짐이 절실할 수밖에 없다.
그 어려움을 극복하려는 생각이
다른 사람보다 깊을 수밖에 없다.
그런 사람은
남보다 큰 사람이 될 수밖에 없다.

맹자

끝을 생각하라

끝을 생각하라.
환호의 문을 지나 행운의 집안으로 들어서면
통탄의 문을 지나 다시 나오게 될 것이다.
그 반대의 경우도 마찬가지다.

그러니 사람은 끝을 생각하고
들어설 때의 갈채보다 행복하게 나올 때를 생각하라.
들어설 때의 갈채 소리는 대단한 것이 아니다.
그것은 누구나 받는 것이다.

물러설 때 받는 갈채야말로 대단한 것이다.
왜냐하면 무엇이 다시 열망된다는 것은 드문 일이며
행운이 문지방까지 따라가는 사람은
얼마 안 되기 때문이다.

등장하는 사람은 정중한 대접을 받으나
퇴장하는 사람은 경멸당하기 쉽다.

발타자르 그라시안

털어놓고 이야기하십시오

자신을 표현하십시오.
당신의 행동이 당신을 대변하도록 하십시오.
당신을 있는 그대로 아끼지 말고 나타내십시오.
그리고 함께 나누십시오.

매일매일 새로운 것을 배우십시오.
이미 할 줄 아는 일도 되풀이해 연습하십시오.
자신을 몇 가지 일에 국한시키지 마십시오.

항상 방심하지 마십시오.
선택하고 도전하고 반응하고 음미하십시오.
스스로 알아서 하십시오.
할 일을 선택해서 스스로를 위해 하십시오.

만약 당신이 무인도에 혼자 남게 된다면
모든 것을 스스로 할 것입니다.
단지 살아남기 위해서 당신은 매우 창의적으로 될 것입니다.

그런데 왜 집에서는 당신만이 할 수 있는 높은 수준으로
살아가려 하지 않습니까?

M. 메리 마고

잘못된 길을 가고 있다는 신호

많은 이들이
당신이 하는 일에 대해 갈채를 보내고
비난하는 사람이 별로 없다면
당신이 잘못된 길을 가고 있다고 확신해도 좋다.
바보들이 동의하는 일을 하는 것이기 때문이다.
많은 사람들이 당신을 조롱하고 무시한다면
적어도 이것 한 가지는 확신해도 좋다.
적어도 당신이
현명한 행동을 하고 있을 가능성이 있다는 것이다.

E. W. 스크립스

나무는 서서히 성장해야 한다

어떤 사람이 작은 나무를 심었는데
나무가 자라지 않자 빨리 자라게 하려고
나무에 도르래를 설치했다.

그가 힘을 가하자 이제 막 흙속에 자리를 잡고
나무에 영양분을 공급했던 뿌리가 뽑혀 올라와
나무는 시들어 죽고 말았다.
나무는 서서히 성장해야 한다.

모든 것은 한 그루 나무와 같다.
크건 작건 꽃들이 여기저기 피어 있는
아름다운 정원을 갖고자 하는 사람은
허리를 굽혀서 땅을 파야만 한다.

소망만으로 얻을 수 있는 것은
이 세상에서 극히 적은 까닭에
우리가 원하는 가치 있는 것은
무엇이건 일함으로써 얻어야 한다.

당신이 어떤 것을 추구하는가 하는 것은 문제가 아니다.
그것은 비밀이 여기 쉬고 있기에
당신은 끊임없이 흙을 파야 한다.
결실이나 아름다운 장미를 얻기 위해서.

에드가 게스트

다음 골목

지금 당신이 걷고 있는 길에서
바로 다음 골목으로 접어들면
성공이 기다리고 있다는 것을
신은 알고 있습니다.
신은 하늘 위에서 당신이 가는 길을
지켜보고 있기 때문입니다.
하지만 땅위에서 바로 앞만 바라보며 걷는 것에
익숙해져 있는 당신은
다음 골목길에 성공이 기다리고 있다는 사실을
눈치 채지 못하고 있습니다.
'저 길을 들어서도 또 성공이 보이지 않는다면
어떻게 하지?' 하고 불안해하며
그냥 되돌아서고 마는 것입니다.
그런 당신의 모습을 보며
신은 항상 안타까워하고 있습니다.

내일

내일을 반겨 맞이하세요.
일부러 걸어 나가 내일을 맞이하세요.
내일이 오나보다 하고 그냥 내버려두지 마세요.
그것은 마치 수영복만 입고
영하의 날씨 속으로 걸어 들어가는 것과 같습니다.

내일을 위해 만반의 준비를 하세요.
마치 친한 친구인 양 환영하며 맞이하세요.
내일은 정말 친구입니다.

만약 내일이
예기치 않은 것을 가져온다 해도 좋습니다.
당신의 생애에서 일어나는 예상 밖의 모든 일을
의연히 맞이하고
항상 당신 삶에 받아들일 준비를 하고 계세요.

그리고 알아두십시오.
삶이란 항상 내일의 연속이라는 사실을!

삶은 정반대되는 두 가지를 모두 포함하고 있다.
삶은 낡았으면서 동시에 새로운 것이다.

화에 책임져라

당신이 화를 내는 이유는
원하는 것을 얻지 못하고 있기 때문이다.
그것은 자기에 대한 책임을
다른 사람에게 떠넘기고 있다는 표시이다.

당신을 책임져야 할 사람은 아무도 없다.
비난받아야 할 사람은 아무도 없다.
당신을 책임져야 할 사람은 오로지 당신밖에 없다.

그러므로 화가 나면 그 화에 책임을 져라.
화를 표현하라.
화를 인정하라.
화를 즐겨라.

표현되지 않은 화는 폭력으로 이어진다.
책임 있는 방식으로 수용되고 표현된 화는
웃음으로 이어진다.

레너드 제이콥슨

타인이 나를 어떻게 본다 하더라도

타인이 나를 어떻게 본다 하더라도
그것은 나에게는 관계없는 문제다.

그것은 나의 문제라기보다는
차라리 그들의 문제인 것이다.

짐을 지기에 합당한 사람

도자기를 만드는 사람은
망가진 도자기를
손가락으로 두드려서 시험해 보지는 않는다.
그러나 좋은 도자기를 만들었을 때는
손가락으로 두드려 시험해 본다.

모시를 파는 장사꾼은
그 모시가 좋은 것이라면 계속 두드린다.
모시는 두드리면 두드릴수록
좋아지고 더욱 빛나기 때문이다.
그러나 모시가 나쁜 경우에는 두드리지 않는다.
잘못 두드리면 찢어지기 때문이다.

어떤 남자가 소 두 마리를 갖고 있다.
한 마리는 힘이 세고 한 마리는 약하다면
어느 쪽에 쟁기를 메울까?
물론 힘이 센 쪽이다.
세상은 짐을 지기에 합당한 사람에게
무거운 짐을 지우기 마련이다.

미드라시

111

너의 길을 가라

더 이상 실패에 대해 생각하지 마라.
중요한 것은
네가 과거로부터 교훈을 얻었다는 것이다.
너는 길을 발견한 지금
그 길을 가야 한다.
꿈꾸고 계획하고 행동해야 한다.
네가 그렇게 하지 않는다면
너를 위해서 아무도 그렇게 하지 않는다.
너 혼자만이
네 삶에 책임을 진다는 것을 명심하라.

보리스 폰 슈메리체크

오늘 아침

똑같은 아침을 맞아본 일이 있는가.

똑같은 하늘

똑같은 태양을 본 일이 있는가.

어제의 하늘은

어제의 태양은

결코 오늘의 그것이 아니다.

삶은 정반대되는 두 가지를 모두 포함하고 있다.

삶은 낡았으면서

동시에 새로운 것이다.

오쇼 라즈니쉬

어디로 가는가

아무것도 시도하지 않는 사람은
앉은 자리에서 자신의 운명을 맞게 된다.

대부분의 사람들에게 가장 커다란 위험은
목표가 너무 높아 도달하지 못하는 것이 아니라
목표가 너무 낮아 쉽게 성취하는 데 있다.

자신이 어디로 가는지 모른다면
원하는 데 도달해서도 그것을 놓치게 된다.
앞으로 나가는 것만으로는 충분하지 않다.
나아가는 방향이 항상 바른 길이어야 한다.

자신의 머리와 마음을 바르게 가진다면
자신의 발이 어디로 향하는지 염려할 필요가 없다.

메리 크리소리오

왜

사람들은 왜
매일 매일이 마지막 날일 수도 있으며
잃어버린 시간은 곧
영원한 상실임을 생각하지 않는 것일까.

사람들은 왜
자신이 행할 수 있는 최선의 것과
누릴 수 있는 최고의 아름다움을
하루하루 미루며 살아가는 것일까.

막스 밀러

행복하십시오

당신은 지금 이 순간
진정으로 행복하십니까?

아니면 어린 시절까지
먼 과거의 세월을 더듬어야
당신 삶의 행복을 찾아낼 수 있습니까?

지금 막 그것을 발견하고 있다면
아마 당신은
행복하지 않았다고 말할 수 있습니다.

그러나 지금 행복하십시오.
행복이 있을 때마다
그것을 두 팔로 받아 안으십시오.

그리고 삶이 마련해 놓는
작은 기쁨의 전율들을 마음 터놓고 받아들이십시오.

맛있는 커피

알맞게 구워진 토스트

기름이 가득한 연료탱크

황금물결이 굽이치는 밀밭

아름다운 석양 그리고

당신 상관이 말하는 칭찬의 소리.

항상 금덩이를 찾으려고 애쓰지 마십시오.

그 일은 얼마 가지 않아 피곤하고 지루해지니까요.

다만 눈에 보이는 작은 금싸라기를

즐기며 사십시오.

M. 메리 마고

간절히 원하십시오

한 마리의 여우가 토끼를 쫓고 있었지만
결코 토끼를 잡을 수가 없었습니다.
여우는 한 끼의 식사를 위해 뛰었지만
토끼는 살기 위해 뛰었기 때문입니다.
당신이 무엇을 하고자 한다면
간절히 원하십시오.

지금 무엇을 하지 못하거나
일이 안 되는 것은 그만큼 간절히
원하고 있지 않기 때문입니다.
해도 그만 안 해도 그만이라고 생각하고
행한다면 그 어떤 것도 이룰 수 없습니다.

힘이 모자랄지라도 간절하게 원할 때
자랑스러운 용기와 적극적인 행동이
저절로 나오게 되어
자신도 모르는 커다란 능력이 발휘되는 법입니다.

지금 이루어지지 않는 일이 있다면 그것은
당신이 간절하게 원하지 않기 때문입니다.
간절히 원하십시오.

당신이 무엇을 하고자 한다면 간절히 원하십시오.

과거와 화해하는 작업

지금까지 불행하고
수치스러운 일을 많이 겪었다고 하더라도
그 어떤 경험도 후회하지 않아야 한다.

오히려 과거와 화해하는 작업을 하면
자신을 진정으로 좋아하는 법을 배우게 된다.
이는 곧 자존감을 높이는 일이기도 하다.

미아 퇴르블럼

시간 사용법

아침에 일어나보라!
당신의 맥박은 24시간으로 차 있다.
모두 당신의 것이다.

시간은 소유하는 것 중 가장 귀한 것
아무도 빼앗아 갈 수 없고 훔칠 수도 없다.
어느 누구도 당신보다 더 받거나 덜 받을 수도 없다.
시간의 세계에서는 부자나 박식한 자의 계급도 없다.
천재라고 해서 한 시간이 더 주어지는 것도 아니다.

당신이 원하는 만큼 시간을 낭비했다고 해서
미래의 시간 공급이 중단되지는 않는다.
단지 지나가는 시간을 낭비할 뿐
그러나 내일을 낭비할 수는 없다.

낡은 생각 떨쳐내기

문제는
어떻게 새롭고 혁신적인 생각을 떠올리느냐가 아니라
어떻게 낡은 생각을 떨쳐내느냐이다.
모든 마음은 낡은 가구들로 가득찬 방과 같다.
새로운 것이 들어올 수 있으려면
먼저 당신이 알고 생각하고 믿는 것의
낡은 가구를 치워버려야 한다.

디 호크

능숙하게 지는 법

스키에서는 가장 먼저 넘어지는 법부터 배웁니다.
넘어지는 법이 능숙해지면 타는 법도
능숙해질 수 있습니다.
넘어지는 것도 스키를 타는 방법의 한 가지인 것입니다.
인생에 있어서의 승리와 패배도 마찬가지입니다.
멋지게 이길 수 있는 사람이란
멋지게 질 줄 아는 사람입니다.
지는 방법을 배운다는 것은
이기는 방법을 배우는 것이기도 합니다.
인생의 승리법 교습소에서는
제일 첫 단계로 능숙하게 지는 법을 배울 수 있도록
계획표가 짜여 있습니다.

나카타니 아키히로

강한 신념

하나의 목표 프로그램을 제대로 설정하는 것은
무척 까다롭다.
그래서 사람들 중에 고작 3퍼센트 정도만이
목표 프로그램을 소유하고 있다.

성공하는 사람은
모두 목표 프로그램을 가지고 있다.
그는 자기가 거칠 과정을 설정하고
거기에서 벗어나지 않는다.

그는 계획들을 입안하고 그것들을 실천한다.
자기의 목표를 향하여 곧바로 나아간다.
그는 자기가 가고자 하는 곳을 알고
또한 꼭 거기로 가야만 한다는 것을 안다.

그는 자기가 하는 일을 사랑하고
자기 욕망의 대상에게로 데려다 줄
그 여행을 사랑한다.

그는 늘 열의로 불타오르고 있으며
강한 집념으로 가득차 있다.
이런 사람이 바로 성공한 사람이다.

지그 지글러

나무는 죽지 않는다

꿈에서 깨어남으로써
지금까지 익숙했던 감정과 기쁨은 변조되고
빛바랜 것이 되었다.
정원은 향기가 없었다.
숲은 유혹하지 않았고
세상은 내 주위에서
고물상처럼 김빠져 매력이 없었다.
책은 종잇조각이었고
음악은 소음에 불과했다.
가을날 나무 주위에 나뭇잎이 떨어져도
나무는 그것을 느끼지 않는다.
나무 위에 비가 내리고
햇빛과 서리가 내린다.
그리고 나무 속에서 생명은 서서히
맨 안쪽의 답답한 곳으로 들어가 버린다.
그러나 나무는 죽지 않는다.
기다리고 있는 것이다.

헤르만 헤세

휴식

휴식은 게으름도 멈춤도 아니다.
일만 알고 휴식을 모르는 사람은
브레이크 없는 자동차와 같이 위험하기 짝이 없다.

그러나 쉴 줄만 알고 일할 줄 모르는 사람은
모터 없는 자동차와 마찬가지로 아무 쓸모가 없다.

헨리 포드

적극적인 말

'나는 실패할 것이다'
'잘 안 될 것이다' 라고
부정적인 말을 절대로 해서는 안 됩니다.
언제나 적극적인 말을
당신의 잠재의식 속에 심으십시오.
잠재의식은 당신의 말을 한 번 받아들인 후에
그것을 꼭 이루도록 하는 힘이 있습니다.

오오지마 주니찌

지금 하려고 하는 일을 할 것인가

열일곱 살 때 읽은
'하루하루를 인생의 마지막 날처럼 산다면,
언젠가는 바른 길에 서 있을 것이다.' 라는
글에 감명 받아서
쉰 살이 되도록
매일 아침 거울을 보면서 스스로에게 묻는다.
'오늘이 내 인생의 마지막 날이라면,
지금 하려고 하는 일을 할 것인가?'
'아니오!' 라는 대답이 나온다면
다른 것을 해야 한다는 걸 깨달았다.

스티브 잡스

누구나 인생에서 겨울과 같은 위기와 시련이 오게 마련이다.

가장 아름다운 나무

누구나 인생에서
겨울과 같은 위기와 시련이 오게 마련이다.
그러나 위기가 왔을 때
겨울나무처럼 앙상해 보이는 것이 두려워
아무것도 하지 못한다면
다음 해 봄날
무성한 이파리가 달린
나무는 결코 될 수 없을 것이다.

반기문

아름다운 꿈을 향하여

인생의 슬픔은
목표에 도달하지 못하는 데 있는 것이 아니라
도달하려는 목표가 없는 데 있다.

꿈을 실현하지 못한 채 죽는 것이 불행한 것이 아니라
꿈을 갖지 않는 것이 불행한 것이다.

새로운 생각을 못하는 것이 불행한 것이 아니라
새로운 생각을 하려고 하지 않는 것이 불행한 것이다.

하늘에 있는 별에
닿지 못하는 것이 부끄러운 것이 아니라
도달해야 할 별이 없는 것이 부끄러운 것이다.

실패는 죄가 아니며
목표가 없는 것이 죄악이다.

너와 나의 가슴에
아름다운 별을 달고 손잡고 나가자.

인도 어느 사원에 적힌 글

지옥으로 가는 길

지옥으로 가는 길은
좋은 결심으로 덮여 있다.

몇 번씩이나
무언가를 계획하지만
실행하지 못한다면
그건 바로 지옥을 준비하는 것과 마찬가지다.

안젤름 그륀

그런 사람

집착 없이 세상을 걸어가고
아무것도 가진 것 없이
자기를 다스릴 줄 아는 사람.
모든 속박을 끊고
괴로움과 욕망이 없는 사람.
미움과 잡념과 번뇌를 벗어던지고
맑게 살아가는 사람.
거짓도 자만심도 없고
어떤 것을 내 것이라 주장하지도 않는 사람.
이미 강을 건너 물살에 휩쓸리지 않는 사람.

이 세상이나 저 세상이나 어떤 세상에 있어서도
삶과 죽음에 걸림이 없는 사람.
모든 욕망을 버리고 집 없이 다니며
다섯 가지 감각을 안정시켜
달이 월식에서 벗어나듯이 붙들리지 않는 사람.
모든 의심을 넘어선 사람.

자기를 의지처로 하여 세상을 다니고
모든 일로부터 벗어난 사람.
이것이 마지막 생이고
더이상 태어남이 없는 사람.
고요한 마음을 즐기고 생각이 깊고
언제 어디서나 깨어 있는 사람.
그런 사람.

인도 고대 경전

걱정은 쓸모없다

차를 즐기기 위해서는
지금 이 순간 속에 완전히 깨어있어야 한다.
현재에 대한 자각 속에서만
우리의 두 손은
찻잔의 기분 좋은 온기를 느낄 수 있다.
현재 속에서만 그 향기를 음미할 수 있고
그 달콤함을 맛볼 수 있으며
그 오묘함을 감상할 수 있다.

과거를 돌아보거나 미래를 염려하면
우리는 한 잔의 차를 즐기는 경험을
완전히 놓쳐버리고 말 것이다.
찻잔을 바라보는 순간
어느새 차는 사라지고 없을 것이다.

인생도 그와 같다.
우리가 현재에 온전히 존재하지 못하면
우리가 주위를 둘러보는 사이에
현재는 사라지고 말 것이다.

인생의 느낌, 향기
그 오묘함과 아름다움을 놓치고 말 것이다.

걱정은 쓸모없다.
이미 일어난 일에 대해 생각하는 것을 멈출 때
결코 일어나지 않을지도 모르는 일에 대해
걱정하는 것을 멈출 때
우리는 비로소 현재에 존재할 수 있게 될 것이다.
그리고 삶 속에서 기쁨을 경험하기 시작할 것이다.

틱낫한

세상사가 그렇다

많이 갖고 있음을 공공연히 알리는 것도
완벽하지 못함을 드러내는 것이다.

자신보다 높은 사람을 믿지 마라.
위험하다.

자신보다 낮은 사람을 믿지 마라.
볼품없다.

그들에게 호의를 보이면
그들은 호의를 우리의 의무로 오해한다.

큰 붙임성은 비천함과 닮았다.

발타자르 그라시안

성공이라는 버스

성공이란
시간표가 없는 버스 정류장에서
버스를 기다리는 것과 같다.
언젠가 올 것이라는 기대를 가지고
참을성 있게 기다려도
버스가 온다는 보장은 어디에도 없다.
어쩌면 노선이 폐지되었을지도 모르는 불안감이
마음속에서 솟아오르기 시작한다.

대부분의 사람들은 기다리는 것을 포기하고
성공이라는 버스가 오는 정류장을 떠나 버린다.

그러나 참을성 있게 기다리면
성공이라는 버스는 온다.
성공을 붙잡지 못하는 사람이 가지지 못한 것은
재능이 아니라 인내심이다.

고다마 미쓰오

용기 있는 한 사람이 다수를 이끈다

용기 있는 사람이라고
두려움이 없는 것은 아닙니다.
단지 두려움에 대항하여 이겨낼 뿐입니다.

진정한 용기는 하늘의 연과 같습니다.
바람이 셀수록 연이 높이 올라가듯이
시련이 크면 클수록 더 큰 용기가 솟습니다.

핍박 속에 피어나는 우아함이 바로 용기입니다.
용기 있는 사람은
상대가 무엇을 두려워하는지 아는 사람입니다.
계속 죄를 짓는 것보다 잘못을 회개하는데
더 큰 용기가 필요합니다.

자유를 지킬 용기가 있는 사람만이
자유를 누릴 수 있습니다.
용기란 인간의 첫 번째 조건입니다.
용기야말로 그 모든 것을 보장할 수 있는
첫걸음이기 때문입니다.

메리 크리소리오

140

풀리지 않는 문제

풀리지 않는 문제들 앞에서
결코 인내심을 잃지 마십시오.
그 문제들을 사랑하려고 애쓰십시오.
억지로 답하지 말고
그 문제들과 함께 살아가십시오.

그러면 어느 날 문득
그토록 찾던 답 속에서 살아가고 있는
자신의 모습을 발견할 것입니다.

라이너 마리아 릴케

결과는 언제나

작은 정성과 관심이 모여 이룩된다.

큰일은 가볍게, 작은 일은 무겁게 생각하라.

3
큰일은 가볍게,
작은 일은 무겁게 생각하라

잠시 후면

잠시 후면 너는
손을 잡는 것과 영혼을 묶는 것의 차이를 배울 것이다.
사랑은 기대는 것이 아니고
함께 있음이 안전을 보장하기 위함이 아님을 배울 것이다.

잠시 후면 너는
입맞춤이 계약이 아니고
선물은 약속이 아님을 배우기 시작할 것이다.

그리고 잠시 후면 너는
어린아이의 슬픔이 아니라 어른의 기품을 갖고서
얼굴을 똑바로 들고 눈을 크게 뜬 채로
인생의 실패를 받아들이기 시작할 것이다.

그리고 너는
내일의 땅위에 집을 짓기에는 너무도 불확실하기에
오늘 이 순간 속에 너의 길을 닦아나갈 것이다.

잠시 후면 너는
햇볕조차 너무 많이 쬐면 화상을 입는다는 사실을
배울 것이다.

이제 너는 자신의 정원을 심고
자신의 영혼을 가꾸어라.
누가 너에게 꽃을 가져다주기를 기다리기 전에.
그러면 너는 정말로 인내하며
진정으로 강해지고
진정한 가치를 네 안에 지니게 되리라.
인생의 실수와 더불어
너는 더 많은 것을 배우게 되리라.

베로니카 A. 쇼프스톨

살아남는 사람

성공은 안일함을 낳는다.
안일함은 실패를 낳는다.
모든 것이 잘 될 때
오히려 불안에 떠는 사람만이
살아남는다.

앤드류 그로브

낮춤과 희생

낮춤과 희생이 승리의 비결이다.
성인은 스스로를 낮춰 남의 뒤에 머물기에
오히려 사람들 앞에 나설 수 있으며
자신을 희생함으로써 오히려 자신을 살린다.
스스로 드러내지 않으므로
오히려 그 존재가 밝게 나타나고
스스로를 옳다고 여기지 않으므로
오히려 옳게 드러나고
스스로 뽐내지 않으므로 공을 이루고
스스로 자랑하지 않으므로 오래가는 것이다.

노자의 도덕경 중에서

인간은 고통은 느끼지만

인간은 고통은 느끼지만
고통이 없다는 것은 느끼지 못합니다.

두려움은 느끼지만
평화는 느끼지 못합니다.

갈등이나 욕망은 느끼지만
그것이 이루어지면 곧 잊고 맙니다.
마치 심한 갈증으로
허겁지겁 물을 마신 후에는
남은 물을 버리는 것처럼.

쇼펜하우어

노력이 성공을 만든다

재능은 식탁에서 쓰는 소금보다 흔하다.
재능 있는 사람과 성공한 사람을 구분 짓는 기준은
오로지 엄청난 노력뿐이다.
타고난 재능을 가지고 있다는 것은
출발선에서 조금 앞에 섰다는 의미에 불과하다.

스티븐 킹

좋은 결과에 만족하지 말라

당신이 뭔가를 한다고 칩시다.

만약 좋은 결과가 나오더라도

그 단계와 수준에 만족하지 마십시오.

더 멋진 뭔가에 도전하십시오.

한 가지에만 너무 오래 머물러 있지 마십시오.

더 멋진 다음 단계를 스스로 알아내십시오.

스티븐 잡스가 애플 사옥에 인쇄한 글

인생이란

인생이란 모래시계의 모래알처럼
끊임없이 빠져나가는 것.
언젠가는 마지막 모래알이 떨어지듯
내 인생의 마지막 순간이 다가오겠지.

항상 나는 어떻게 살아야 할까.
살날이 딱 하루밖에 남지 않았다면 무엇을 할까.
그 생각으로 살았다.
그러다가 하루하루가
그 마지막 날처럼 소중하다는 걸 깨달았다.
그리고 하루하루를
마지막 날처럼 의미 있게 잘 사는 것이
성공한 인생이란 걸 깨달았다.
인생이란 하루하루가 모여서 된 것이기에.

짐 스토벌

잠시 뒤를 돌아보자

우리는 그동안 위로만 올라가려고 애쓰면서
중요한 것을 빠뜨렸다.
그동안 너무 바쁘게만 살면서
정말로 중요한 것은 알지 못하고
이해하지 못하게 되었다.

우리는 그동안 너무 풍요롭고
피상적인 것들에만 빠져 살았다.
이제는 뒤를 돌아보면서 세상과 연결하는
더 단순하고
더 자연적인 방식들을
재발견해야 한다.

데이비드 브룩스

운명의 결정은 선택

오늘 무엇을 준비하느냐에 따라
내일의 성공이 결정됩니다.

운명을 결정하는 것은
우연이 아니라 선택입니다.

메리 크리소리오

당신의 생각을 관찰하라

당신의 생각을 자세히 관찰하라.

그러면 그것은 말로 변할 것이다.

당신의 말을 자세히 관찰하라.

그러면 그것은 행동으로 변할 것이다.

당신의 행동을 자세히 관찰하라.

그러면 그것은 습관으로 변할 것이다.

당신의 습관을 자세히 관찰하라.

그러면 그것은 개성으로 변할 것이다.

당신의 개성을 자세히 관찰하라.

그러면 그것은 당신의 운명으로 변할 것이다.

메트로폴리탄 밀워키 YMCA 사보

스스로 행운을 가지고 있다고 생각하는 사람이
결국은 행운을 거머쥔다.

성공의 열매

우리에게 중요한 건 비평가가 아니다.
강한 사람이 어떻게 흔들렸는지 지적해내는 사람이 아니다.
'이렇게 하면 더 잘할 수 있었는데' 라고
말을 하는 사람이 아니다.

정말로 박수를 받아야 할 사람은
현실에 뒹구는 사람이다.
피범벅이 된 얼굴로 용감하게 싸우는 사람
넘어지고 또 넘어지면서도 위대한 열정으로
가치 있는 일에 헌신하는 사람이다.

이런 사람들은 결국
위대한 성공의 열매를 맛보게 되고
설사 성공하지 못한다 하더라도
용감하게 도전하다 패배했기 때문에
승리도 패배도 모르는 냉소적이고 소심한 영혼들과는
결코 자리를 같이하지 않는다.

테오도르 루즈벨트

운이 있다고 말하는 사람

실력도 중요하지만 무엇보다
같이 일할 수 있는 품성을 갖추고 있어야 한다.
또한 행운을 가진 사람을 선택하라.
행운을 가진 사람은
사람들에게 큰 도움을 줄 뿐만 아니라
주위 사람을 행복하게 한다.
스스로 행운을 가지고 있다고 생각하는 사람이
결국은 행운을 거머쥔다.

토머스 누난

보이지 않는 열매

밭 가운데에서 울고 있는 사람이 있었습니다.

그 사람은 아무리 기다려도

열매가 열리지 않는다며 울었습니다.

그 사람은 결국 밭을 포기하고 떠나 버렸습니다.

그 사람이 심은 것은 고구마였습니다.

그런데 땅 속에는 크고 굵은 고구마가

잔뜩 달려 있었습니다.

그 사람은 고구마가 줄기에 열매를

맺는 것인 줄로만 알았습니다.

성공의 열매는

고구마처럼 나무나 줄기가 아니라

보이지 않는 뿌리 끝에 맺히는 것입니다.

가장 힘든 때

마라톤이 가장 힘든 때는 어느 지점일까요?
35킬로미터일까요?
아니면 마지막 1킬로미터일까요?
사실 마라톤에서 가장 힘든 때는
출발하기 직전입니다.
일주일 전
하루 전
한 시간 전
일 분 전.
점점 온몸에 힘이 들어가고
중압감이 몸과 마음을 누릅니다.

언제나 시작이 가장 힘듭니다.

사람은 절망에 속는다

사람은 스스로 만든 절망을 두려워한다.
무슨 일에 실패하면 비관하고
이제는 인생이 끝났다고 생각해버린다.
그러나 어떠한 실패 속에서도
희망의 봄은 달아나지 않고
당신이 오기를 어느 삶의 길목에서
기다리고 있다는 사실을 알아야 한다.

굳은 의지로 못할 일은 없다.
인생에 있어서 기회가 적은 것은 아니다.
그것을 볼 줄 아는 눈과
붙잡을 수 있는 의지를 가진 사람이 나타나기까지
기회는 잠자코 있는 것뿐이다.

설령 재난이라 할지라도
그것을 휘어잡는 의지 앞에서는
도리어 무한한 가능성이 열려 있다.

우리는 우리가 상상하는 이상으로
자신의 힘 속에
자신의 운명의 열쇠를 가지고 있다.

사람에게는 두 가지의 의지가 있다.
위로 올라가려는 의지와
아래로 내려가려는 의지다.
이 두 개가 우리 내부에서 서로 싸우고 있다.
한쪽에서는 모든 향락을 쫓아버리라고 소리치고
다른 한쪽에서는 향락을 즐기라고 유혹한다.

당신은 위로 향하는 의지를 쫓을 것인가,
아래로 떨어지는 의지에 몸을 맡길 것인가.
그것을 결심하는 것은 당신 자신이다.

톨스토이

땅벌

기체역학론적인 측면과

항공기 모형제작 실험에 의하면

땅벌은 절대 날아갈 수가 없습니다.

그 이유는

몸의 크기에 비해 날개의 크기가 너무 작아서

땅벌이 날아가는 것을

불가능하게 하기 때문입니다.

그러나 땅벌은

이러한 과학적 사실과는 전혀 무관한 듯

어디로든지 날아다니며

또 매일매일 조금씩 꿀을 저장합니다.

미국 제너럴 모터스사의 공장 표지판에서

행복의 밑거름

행복이
재산이나 지위를 경멸하는데 있다고는 할 수 없다.
그러나 재산이나 지위에서만
행복을 찾을 수 있다고 생각하는 것도 큰 잘못이다.

예술가가 가진 숭고한 표현력
스포츠맨이 가진 체력도
그에 못지않은 훌륭한 지위이며 재산이다.

사업에 훌륭한 솜씨를 가지고 있는 사람이 있다면
비록 사업에 실패했더라도 다시 일어설 수 있다.
왜냐하면 그의 본래의 재산을
잃지 않았기 때문이다.
사업에 대한 솜씨는
육체 속에 있는 것이므로 아무도 차압하지 못한다.
그는 그의 육체 속에 깃든 재산의 힘으로
다시 일어설 수 있다.

남을 위한 일이 나를 위한 일이다

꾸불꾸불하고 좁고 험한 길에서
앞서 가던 수레가 뒤집어지면
뒤를 따르던 수레가 도와줄 수밖에 없다.
앞서가던 수레가 길을 막으면
자신의 수레 또한 그 길을 지나갈 수 없다.

우리는 종종 공동의 위험에 처할 뿐 아니라
공동의 이해관계에 놓일 때가 많다.
이럴 때 남을 위해 하는 일은
곧 자신을 위한 일이 되기도 한다.

뤼신우

훈련이 만든 삶

증기나 가스는 모아 가두지 않으면
연료가 되지 않는다.
나이아가라 폭포는 터널을 통과하지 않으면
전기를 만들어내지 못한다.
마음을 모으고 훈련하지 않으면
어느 삶도 위대해지지 못한다.

헨리 에머슨 파즈딕

삶은 바꾸어질 수 있다

그는 확실한 정신적 지도자가 되어
온 세상에 영향을 미치며
누구도 넘보지 못할 강한 힘을 발휘하고 있다.
그의 손에는 엄청난 책임감이 쥐여져 있다.
그는 말한다.
"삶은 바꾸어질 수 있다."

그의 생각과 말에 감동한 많은 사람들이
자신의 성격을 바꾸고 그를 동경한다.

그는 마치 태양처럼 수많은 운명들이
주위를 돌고 있는 중심에 자리 잡고 빛나고 있다.

그는 꿈을 실현시켰다.
그리고 주변 사람들을 변화시켰다.

지금은 당신이 비록 작은 존재일지라도
꿈을 안고 정진하는 만큼 크게 될 것이다.

지금은 당신이 처한 형편이 어떠하든
당신의 생각과 이상에 따라 노력하는 만큼
높이 솟아오를 것이다.

제임스 앨런

지금은 당신이 비록 작은 존재일지라도
꿈을 안고 정진하는 만큼 크게 될 것이다.

침묵은 미덕이다

현대문명이 도래하기 전에는
사람들이 하루 24시간 중 최소한 6~8시간을
침묵 가운데 지낼 수 있었다.
하지만 현대 문명은 밤을 낮으로
황금 같은 침묵을
청동 같은 소음으로 바꾸어 놓았다.

날마다 바쁜 생활 가운데서도
매일 적어도 두세 시간 가량
자신의 내면세계에 침잠하여
저 위대한 침묵의 소리를 들을 수 있다면
그 얼마나 멋진 일이겠는가.

간디

행복은 당신 안에

행복한 사람이 되고 싶은가.
우리가 원하는 행복은 이미
모두 주어졌다는 사실을 기억하라.

진정한 행복의 원천은 우리들 가슴에 있다.
다른 곳에서 행복을 찾는 것은 어리석다.
이는 마치 늘 품고 다니는 어린 양을
두리번거리며 찾는 격이다.

첫째가는 지혜는 자신을 아는 것이다.
이것은 가장 어려운 일이기도 하다.

둘째가는 미덕은 작은 것에 행복을 느끼는 것인데
이것 또한 어렵다.

자신만을 사랑한다면 진정으로 행복할 수 없다.
남을 위해 살라.
그러면 진정한 행복을 발견할 수 있다.

불행한 이여! 어디서 방황하는가.

더 나은 삶을 찾아 헤매는가.

당신은 도망치고 있다.

행복은 정작 당신 안에 있는데 말이다.

자기 안에 없는 행복은 다른 어디에도 없다.

행복은 타인을 사랑하는 능력이다.

삶의 목표는 기쁨이다.

하늘, 태양, 별, 풀, 나무, 동물

만나는 사람들에게서 기쁨을 느껴야 한다.

어린 아이처럼 늘 즐거워하도록 하라.

큰일은 가볍게, 작은 일은 무겁게 생각하기

경영이 큰 것을 다스리는 것처럼 보이지만
결과는 언제나
작은 정성과 관심이 모여서 이룩된다.
큰일은 가볍게
작은 일은 무겁게 생각하는
마음가짐이 중요하다.

이병철

오늘의 나를 죽여야 내일의 내가 태어날 수 있다

오늘의 나를 완전히 죽여야
내일의 내가 태어나는 것이다.
새로운 나로 태어나려면
기존의 나를 완전히 버려야 한다.

자신의 불길로
스스로를 태워버릴 각오를 해야 한다.
먼저 재가 되지 않고서
어떻게 거듭나길 바랄 수 있겠는가.

니체

길을 만들어 걸어가면

어느 겨울날
눈이 수북이 쌓여 있을 때
만약 당신이
길을 만들어 걸어가면 승자이고
눈이 녹기를 기다리면
패자가 될 것이다.

유대경전

만일 그대가

만일 그대가 남을 지배한다면
그대는 혼란 속에서 살아갈 것이다.

만일 누가 그대를 지배하도록 내버려둔다면
그대는 슬픔 속에서 살아갈 것이다.

오쇼 라즈니쉬

시간의 두 얼굴

가장 현명한 시간은
위기를 슬기롭게 극복하는 시간이고
가장 명예로운 시간은
남을 위해 봉사하는 시간이다.

가장 미련한 시간은
사소한 일도 처리하지 못하는 시간이고
가장 떳떳한 시간은
잘못을 스스로 인정하는 시간이다.

가장 분한 시간은
모욕을 당하는 시간이며
가장 비굴한 시간은
변명을 늘어놓는 시간이다.

가장 겸손한 시간은
분수에 맞게 행동하는 시간이고
가장 낭비하는 시간은
방황하는 시간이다.

가장 자유로운 시간은
규칙적인 시간이며
가장 억압받는 시간은
죄를 짓고 쫓기는 시간이다.

가장 파렴치한 시간은
남에게 피해를 끼치는 시간이고
가장 쓸모없는 시간은
무사안일한 시간이다.

가장 불쌍한 시간은
구걸하는 시간이고
가장 많은 시간은
사소한 시간을 활용하여 얻은 시간이다.

가장 가치 있는 시간은
최선을 다한 시간이고
가장 소중한 시간은
바로 지금 이 순간이다.

인생의 성공

성공하느냐 성공하지 못하느냐는
전적으로 마음의 자세에 달려 있다.
그것은 결코 타고난 능력이 아니다.
마음의 준비는 아무리 큰돈으로도 살 수 없는 것이며
그렇다고 팔 수도 없는 것이다.
마음의 준비는 당신의 염원을 이루어지게 하는
문의 열쇠가 될 수도 있으며
그 문을 잠가 버리는 자물쇠가 되기도 한다.
인생의 성공은 마음의 준비가 모든 것이다.

인생의 성공은
다른 누군가를 위하여
자신의 모든 것을 바칠 수 있는 것이다.
인생의 성공은
자신이 자기 자신임을 진실로 기뻐하는 것이다.
인생의 성공은
오랫동안 형성되어 온 꾸준한 습관의 결과이다.

대니스 휘틀러

인생의 성공은 오랫동안 형성되어 온 꾸준한 습관의 결과이다.

두 갈래의 물

로키 산맥 언저리에는
두 갈래의 물이 동과 서로 흐르고 있다.
그 거리는 불과 몇 십 미터이지만
나중에는 수천 마일의 간격이 벌어진다.

출발점에서는 거리를 모르지만
그 방향을 어디로 잡았느냐에 따라서
그 사람의 운명은 커다란 차이를 낳게 된다.

롱펠로

세상은 돕는다

당신에게 어떤 것이 필요하든
세상은 알게 모르게 당신을 돕는다.

당신이 인식하는지 모르지만
당신을 돕기 위해 많은 흐름들이 주위에 있다.
많은 원천들이 당신에게로 쏟아져 내리고 있다.

당신은 자신의 목적을 성취했을 때만
그렇다고 긍정할지 모른다.
그때 당신은 온 우주에 감사하고 있는
자신의 모습을 보게 될 것이다.
당신은 이미 오래전에
목적지에 있었음을 알게 될 것이다.

오쇼 라즈니쉬

실

네가 따라가는 한 가닥 실이 있다.

그 실은 변화하는 것들 사이로 지나간다.

하지만 그 실은 변하지 않는다.

사람들은 네가

무엇을 따라가는지 궁금해 할 것이다.

너는 그 실에 대해 설명해야만 한다.

그러나 사람들에게는 잘 보이지 않는다.

그 실을 붙잡고 있는 한 너는

길을 잃지 않는다.

비극은 일어나기 마련이고

사람들은 상처 입거나 죽는다.

그리고 너는 고통 받고 늙어간다.

시간이 하는 일을 너는 어떻게도 막을 수 없다.

그래도 절대로 그 실을 놓지 마라.

윌리엄 스태포드

열정이 있는 사람의 말은 설득력이 크다

열정은 언제나 설득력을 발휘하는 웅변가이다.
열정은 자연스러운 기술이며
열정의 법칙은 오류를 모른다.

더없이 단순하지만 열정이 있는 사람의 설득력은
언변은 유창하지만 열정이 없는 사람의 설득력보다
훨씬 더 강하다.

프랑수아 그 라로슈푸코

낙담하지 말라

인생을 살아가면서…

해답이 있다면
낙담할 필요가 있겠는가.

또한 해답이 없다면
낙담하는 것이 무슨 의미가 있겠는가.

산티대바

지옥으로 향하는 가장 안전한 길

지옥으로 향하는 가장 안전한 길은
경사가 심하지 않고
바닥은 부드러우며
갑작스런 굴곡이나
이정표와 표지판이 없는 완만한 길이다.
그 길은 결코 벼랑이 아니고
밋밋한 내리막길이다.
사람들은 그 길을 기분 좋게 걸어간다.

C. S. 루이스

지금

지금 미래가 보이지 않는 것은
미래가 없기 때문이 아니라
미래가 빛나기 때문이다.

종이에 자신의 마음을 써보라

망설이고 있다면 머릿속에 이것저것 떠올리지 말고
종이에 써 보라.
고민에 빠져 있다면 고민을 잠시 멈추고
종이에 고민거리를 써 보라.
곤란한 일이 생겼다면 그것을 옆에 내려놓고
종이에 곤란한 일을 써 보라.
괴로움이 닥쳐오면 잠시 비켜서서
종이에 괴로운 일을 써 보라.
불안하다면 따뜻한 레몬차를 한 잔 마시고
종이에 불안한 내용을 써 보라.
우울하다면 그 밑바닥에 자리 잡고 앉아서
종이에 우울한 이유를 써 보라.

마음을 종이 위에 글자로 옮기면
두려움이란 환상이 사라지고 그 정체가 눈에 보인다.
해결의 실마리도 보인다.
때로는 자신을 다른 사람 보듯 관찰해 보라.
두려움이라는 환상과 결별하기 위해서.

인생은 선택의 연속

인생은 선택의 연속입니다.

죽는 날까지 선택이 계속되는 것입니다.

그런데 아주 오래 전에 정해 놓은 길에서

벗어나지 못하고 어쩔 수 없이

그 길을 붙들고 있지는 않습니까?

선택이란 무언가를 처음 결정할 때가 아니라

지금 걷고 있는 길을 바꿀 때 쓰는 것입니다.

몇 번이라도 지금의 방법이나 길을

바꿀 수 있는 것이 선택입니다.

한 번 정하고 나면 다시는 바꿀 수 없다고 한다면

그것은 선택이라고 할 수 없습니다.

괘도를 수정할 수 있는 기회가

얼마든지 남아 있는데

선택의 폭을 너무 빨리 줄여 버리고 있지는 않습니까?

삶에 맞서라

삶에 용감하게 맞선다고 해서
성공이 보장되는 건 아니다.
하지만 두려움에 굴복하고 삶을 외면한다면
확실하게 실패를 보장받는다.

삶에 용감하게 맞서지 않으면
경험을 얻을 수 없고
경험을 얻지 못하면
아는 것에도 한계가 있기 마련이다.
아는 것이 없으면 지혜도 얻을 수 없다.
그것을 모두 지니려면
삶에 용감하게 맞서야 한다.

조셉 M. 마셜

지금 미래가 보이지 않는 것은
미래가 없기 때문이 아니라
미래가 빛나기 때문이다.

운명의 주인

생각 하나하나가 뇌 구조를 쉬지 않고 바꾼다.
아주 사소한 생각조차 영향을 미쳐 뇌 구조를 바꾼다.
생각 하나하나가 뇌 구조를 쉬지 않고 바꾼다.
좋은 생각이든 나쁜 생각이든 뇌에 배선을 만든다.
같은 생각을 여러 번 반복하면
습관으로 굳어버린다.
성격도 생각하는 방향으로 바뀐다.

생각을 원하는 방향으로 바꾸고
그 상태를 단단히 유지해 새로운 습관을 들여라.
그러면 뇌 구조가 거기에 맞게 변경될 것이다.

윌리엄 제임스

지난 과오를 책망하지 말라

우리는 이 세상에서 자신의 위치나 능력이
어느 정도인지를 알고 싶어 한다.
그리고 두려워하면서도
자신이 장차 어떤 운명의 별 아래서
살게 될 것인가를 알고 싶어 한다.
그래서 점술가를 찾아가 앞날을 물어본다.
점술가도 다른 사람의 앞일은 알 수 없는 법
우리가 자신의 위치나 능력에 대해
어떤 의심을 갖는 것은
이미 불안정한 스스로를 인정하는 것이다.

스스로를 심판하지 말라.
이미 저질러버린 일에 대해서는
책망하지 말라.
이것은 학대하는 괴로움에서 벗어나기 위함이다.

사람은 스스로 양심의 괴로움을 회피하려고
자기 행위를 속이거나 남을 원망한다.
그러나 그것은 사태를 더욱 악화시킬 뿐이다.

이미 저질러버린 과오는 어쩔 수 없는 일이었다고
인정하는 것이 좋다.
일단 인정하고 스스로에 대한 책망을 그만둔다면
마음이 평온해진다.
그렇게 평온한 마음을 되찾고 나면
자신의 잘못에 대해서도
거울에 비치듯이 자기 눈에 드러날 것이다.

지난 잘못에 대해 더 이상
스스로를 책망하지 않는 것은
새로운 출발점에 다시 서게 하는 일이다.

로렌스 굴드

사람의 마음

못을 박을 때는 흔들거려 빠져버릴 것을 걱정하고
못을 빼려고 할 때는 빠지지 않을까 걱정한다.
빗장을 걸 때에는 단단히 잠기지 않을까 걱정하고
빗장을 풀 때는 쉽게 풀리지 않을까 걱정한다.
그것이 사람의 마음이다.

이와 같은 사람의 마음은
어떤 상황에서도 꼬리에 꼬리를 무는 걱정 때문에
한시도 근심에서 자유로울 수 없다.

뤼신우

쉬운 일과 어려운 일

쉬워 보이는 일도 막상 부딪쳐 보면 어렵다.
그러나 못할 것 같은 일도 일단 시작해 놓으면
결국 이루게 된다.

쉽다고 얕볼 것이 아니고
어렵다고 팔짱을 끼고 있을 것도 아니다.

쉬운 일도 신중히 하고
어려운 일도 겁내지 말아야 한다.

채근담

내 마음속의 진리

일천 명의 사람들이
어리석은 어떤 것을 믿는다 하더라도
그건 여전히 어리석은 일일 뿐이다.
진실은 여론에 의존하는 것이 아니다.
차라리 나 혼자일지라도
평범한 사람들의 평범한 헛소리를 따르는 것보다는
내 마음속의 진리를 따르는 것이 더 현명하다.

콜럼버스

칭찬인 줄 알았다

"네가 없어서 일이 안 된다."
칭찬인 줄 알았다.
내가 속한 공동체에서 내가 정말 필요하고
중요한 존재라는 생각에 기분 좋았던 말이다.
그러나 이 칭찬은
내가 꿈꾸는 진정한 리더의 모습에서
한 발 뒤로 물러나게 만들었다.
내가 아니면 공동체가 무너질 정도로
공동체를 내게 의존하게 만든 것은
내 이기적인 모습 때문이었다.

"너만 있으면 돼."
칭찬인 줄 알았다.
내가 능력이 아주 뛰어난 사람이라는 생각에
어깨가 으쓱했던 말이다.
그러나 이 칭찬은
내가 꿈꾸는 진정한 리더의 모습에서
두 발 뒤로 물러나게 했다.
따라주는 사람 아무도 없는 독재였기 때문이다.

"너 정말 천재구나."

칭찬인 줄 알았다.

기발한 아이디어가 풍부하고

똑똑한 사람이라는 생각에 코가 높아졌다.

그러나 이 칭찬은

내가 꿈꾸는 진정한 리더의 모습에서

세 발 뒤로 물러나게 했다.

리더는 자신뿐만 아니라

다른 사람도 성공시킬 수 있어야 하기 때문이다.

"시키는 대로 잘하네."

칭찬인 줄 알았다.

내가 말 잘 듣고 착한 천사와 같다는 소리에

마냥 기쁘기만 했다.

그러나 이 칭찬은

내가 꿈꾸는 진정한 리더 모습에서

네 발 뒤로 물러나게 했다.

전통과 관료주의에 익숙해진 나는 이미

새로운 생각을 하지 못하고

변화를 두려워하는 사람이었던 것이다.

내가 꿈꾸는 진정한 리더는
독재가 아닌 훌륭한 리더십을 발휘하여
나뿐만 아니라 따르는 이들에게
성공을 안겨주는 사람이다.
변화를 두려워하지 않고 새 시대에 걸맞은
필요와 변화를 올곧게 판단할 줄 아는 사람이다.

오늘도 나는 진정한 리더로 성장하기 위해
내게 던져지는 칭찬의 말들을 다시 한 번 새겨듣는다.

지금 미래가 보이지 않는 것은

미래가 없기 때문이 아니라

미래가 빛나기 때문이다.

4

생각의 차이가 남과 다르게 만든다

이런 사람은 걱정하지 않습니다

가슴에 꿈을 품고 있는 사람은
걱정하지 않습니다.
지금은 비록 실패와 낙심으로 힘들어해도
곧 일어나 꿈을 향해 힘차게 달려갈 테니까요.

마음에 사랑이 있는 사람은
걱정하지 않습니다.
지금은 비록 쓸쓸하고 외로워도
그 사랑으로 곧 많은 사람들로부터
사랑받게 될 테니까요.

마음이 진실한 사람은
걱정하지 않습니다.
지금은 비록 손해를 보고 답답할 것 같아도
그 진실함으로 곧 모든 사람들이
그를 신뢰하게 될 테니까요.

손길이 부지런한 사람은
걱정하지 않습니다.

지금은 비록 힘들어 보여도
그 성실함으로
곧 기쁨과 감사의 기도를 하게 될 테니까요.

누구 앞에서나 겸손한 사람은
걱정하지 않습니다.
지금은 비록 초라하고 부족한 것 같아도
그의 겸손이 곧 그를 높여
귀한 사람이 되게 할 테니까요.

늘 얼굴이 밝고 웃음이 많은 사람은
걱정하지 않습니다.
지금은 비록 가볍게 보여도
곧 그 웃음이 사람들에게 기쁨을 주어
그가 행복한 세상의 중심이 될 테니까요.

꿈은 희망을 낳는다

산다는 것은 꿈을 꾸는 것이고
현명하다는 것은 아름답게 꿈을 꾸는 것이다.
산다는 것은 꿈이 있다는 것이고
꿈이 있다는 것은 희망이 있다는 것이다.

희망이 있다는 것은 이상이 있다는 것이고
비전을 지닌다는 것이다.
비전을 지닌다는 것은
인생의 목표가 있다는 것이다.

비록 힘없는 하찮은 존재라 하더라도 꿈을 가질 때
얼굴은 밝아지고 생동감이 흐르며
눈에는 광채가 생기고
발걸음은 활기를 띠고
행동은 씩씩해지는 것이다.

꿈이 있는 사람이 행복한 사람이고
꿈꾸는 자가 인생을 멋있게 사는 사람이다.

꿈이 있는 사람이 참인생을 아는
인생의 멋을 아는 사람이다.
꿈이 있는 사람이 인생을 사는 듯이 살고
아름다운 발자취를 후세에 남기는 것이다.

프리드리히 실러

늘 경계를 늦추지 마라

늘 경계를 늦추지 마라.
그렇게 하면 그 어떤 이기심도 몰래 들어와
당신을 더럽히지 못할 것이다.

이기심을 버려라.
타인과 이 세상의 선함만을 생각하고
쾌락이나 보답을 생각하지 말라.
당신은 더이상 사람들과 떨어져 있지 않고
모두와 하나가 될 것이다.

자신을 위해 더이상 싸우지 말라.
모든 사람을 측은히 여겨라.
그 누구도 당신의 적으로 생각하지 말라.
모두와 친구가 될 것이다.

모두와 더불어 평화를 유지하라.
살아 있는 것에 연민을 느끼고
무한한 자비가 당신의 말과 행동을 감싸도록 하라.

그것이 진실로 기쁨의 길이요
영원을 따르는 행동이다.

제임스 앨런

시간의 착각

소년은 앞으로 꺼내 쓸 수 있는 시간이
무한정 많다고 생각하지만 그것은 착각이다.

청소년기에는 살아갈 날이 좀 더 많아
시간이 느리게 오지만
장년기에 이르면 시간은 무섭게 빨라진다.

시간은 젊은이와 늙은이를 구별하지 않고
재빨리 다가와 아주 잠깐 얼굴을 내비치고는
또다시 재빨리 왔던 곳으로 돌아간다.

섬광이 하늘을 가르는 듯한 그 짧은 순간 앞에서
우물쭈물 망설이기만 하다가는
시간이 할퀴고 간 상처에 고통을 받게 된다.

나는 그 짧은 순간
겨우 한 가지 일밖에는 하지 못한다.

뉴 캐슬 경

슬퍼하지 마라

모든 일이 뜻대로 되지 않는다고
걱정하거나 마음 상하지 마라.
생명수는 어둠 속에 있으니
결코 슬퍼하지 마라.
역경 속에 기쁨이 숨겨져 있으니
세월의 모순된 변화에 슬퍼하지 말고 참아라.
쓰디쓴 날 뒤에 반드시
다디단 날이 오리라.

사디

힘들 때 웃는 건 일류다

힘들 때 우는 건 삼류다.
힘들 때 참는 건 이류다.
하지만 힘들 때 웃는 건 일류다.

꽃에 향기가 있듯이 사람에게는 품격이 있다.
그러나 신선하지 못한 향기가 있듯이
사람도 마음이 맑지 못하면
자신의 품격을 지키기 어렵다.

썩은 꽃은 잡초보다 그 냄새가 고약한 법이다.

셰익스피어

삶의 이치

산이 지나치게 높고 험하면
나무가 자라지 못하지만
골짜기의 초목은 잘 자란다.
또 물살이 세고 급한 데에서는
물고기가 살지 못하지만
늪과 연못에서는 물고기가 저절로 모여든다.
사람도 너무 고고하거나 과격하면
사람들이 따르지 않아
외톨이가 될 우려가 많으므로 경계해야 한다.

채근담

관계

남과 허물없이 지낸다고 해서
너무 버릇없게 구는 사이가 되어서는 안 된다.

반짝이는 별은 사람 곁에 가까이 오지 않기 때문에
언제까지나 그 빛을 잃지 않는 법이다.

항상 얼굴을 맞대고 있으면
존경의 마음을 갖기가 어렵고
자주 이야기를 나누다 보면
조심스럽게 감추어졌던
상대방의 결점이 차차 눈에 띄게 마련이다.

누구를 막론하고
너무 친해져서 버릇없는 사이가 되어서는 안 된다.
상대방이 윗사람이면 예절을 잃고
아랫사람이면 위엄을 잃게 된다.

더구나 어리석고 예의를 차릴 줄 모르는
속된 사람과는 결코 허물없이 지내서는 안 된다.

발타자르 그라시안

말

지금도 나는 때로 짜증을 내고 화를 내며
다른 사람에게 심한 말을 한다.
그리고 잠시 후 화가 가라앉으면 당혹감을 느낀다.
부정적인 말이 이미 입 밖으로 튀어나왔으니
거둬들일 방법이 없다.
말은 내뱉어지고 소리는 존재하지 않지만
이미 뱉은 말은 계속 남아있다.
그러므로 이제 내가 할 수 있는 일은
그 사람에게 사과하는 것밖에 없다.
그게 옳지 않은가.

달라이라마

만일

만일 네가 모든 걸 잃었고
모두가 너를 비난할 때
너 자신이 머리를 똑바로 들 수 있다면.

만일 모든 사람이 너를 의심할 때
너 자신은 스스로를 신뢰할 수 있다면.

만일 네가 기다릴 수 있고
또한 기다림에 지치지 않을 수 있다면.

거짓이 들리더라도 거짓과 타협하지 않으며
미움을 받더라도 그 미움에 지지 않을 수 있다면
그러면서도 너무 선한 양 하지 않고
너무 지혜로운 말들을 늘어놓지 않을 수 있다면.

만일 네가 꿈을 갖더라도
그 꿈의 노예가 되지 않을 수 있다면
또한 네가 어떤 생각을 갖더라도
그 생각이 유일한 목표가 되지 않게 할 수 있다면.

그리고 만일 인생의 길에서
성공과 실패를 만나더라도
그 두 가지를 똑같은 것으로 받아들일 수 있다면.

네가 말한 진실이 왜곡되어 바보들이 너를 욕하더라도
너 자신은 그것을 참고 들을 수 있다면
그리고 만일 너의 전 생애를 바친 일이 무너지더라도
몸을 굽히고서 그걸 다시 일으켜 세울 수 있다면.

한 번쯤은 네가 쌓아올린 모든 걸 걸고
내기를 할 수 있다면
그래서 다 잃더라도
처음부터 다시 시작할 수 있다면
그러면서도 네가 잃은 것에 대해
침묵할 수 있고 다 잃은 뒤에도
변함없이 내 가슴과 어깨와 머리가
널 위해 일할 수 있다면
설령 너에게 아무것도 남아있지 않는다 해도
강한 의지로 그것들을 움직일 수 있다면.

만일 군중과 이야기하면서도

자신의 덕을 지킬 수 있고

왕과 함께 걸으면서도

상식을 잃지 않을 수 있다면

적이든 친구든 너를 해치지 않게 할 수 있다면

모두가 너에게 도움을 청하되

그들이 너에게 너무 의존하지 않게 할 수 있다면

그리고 만일 네가 도저히 용서할 수 없는 1분간을

거리를 두고 바라보는 60초로

대신할 수 있다면.

그렇다면 세상은 너의 것이며

너는 비로소 한 사람의 어른이 되는 것이다.

루디야드 키플링

구름 속을 아무리 보아도 거기에는 인생이 없다.
반듯하게 서서 자기 주위를 보라.
자기가 인정한 것을 우리는 붙들 수 있다.

나의 길을 가는 데에 인생이 있다

구름 속을 아무리 보아도 거기에는 인생이 없다.

반듯하게 서서 자기 주위를 보라.

자기가 인정한 것을 우리는 붙들 수 있다.

귀신이 나오든 말든

나의 길을 가는 데에 인생이 있다.

그렇게 앞으로 나아가는 동안에는 고통도 있으리라.

행복도 있으리라.

어떠한 경우에도 인생은 완전한 만족이란 없는 것이다.

괴테

끈을 새롭게 여며야

세상에 태어나서
한 번도 좋은 생각을 갖지 않는 사람은 없다.
다만 그것이 계속되지 않았을 뿐이다.
어제 맨 끈은 오늘 허술해지기 쉽고
내일 풀어지기 쉽다.
나날이 다시 끈을 여며야 하듯
사람도 자신이 결심한 일은
나날이 거듭 여며야 변하지 않는다.

밀

살아남은 사람

네 번 되풀이된 빙하시대에
혹독한 추위 속에서 살아난 사람들은
달아난 원시인이 아니다.

난관을 극복하고 짐승에서 인간으로 진화한 이들은
앉을 나무조차 없어진 그 자리에 버티고 있던 이들이다.
나무 열매가 없어지자 짐승을 잡아 배를 채우고
햇볕을 따라 후퇴하는 대신
옷과 불을 만들어 낸 이들이다.

아놀드 토인비

현재의 삶이 미래가 된다

현재가 어떻게 미래와 연결될지는 아무도 알 수 없다.
그러나 현재가 미래와 어떻게든 연결되리라는 믿음이
자신감과 확신을 준다.
그리고 이로 인해 인생이 변화될 것이다.

스티븐 잡스

무지는 비극이다

정규교육은 생계를 해결해 주고
자기 교육은 번영을 가져다준다.
책을 읽지 않는 사람은 정신에 곰팡이가 슬게 된다.

한 끼만 굶어도 우리 몸은 난리가 나는데
정신을 위하여 아무것도 하지 않으면 고사하고 만다.
정신도 인스턴트 음식만 가지고는 버틸 수 없다.

상상력의 위대성은 끝과 한계를 모르는 데 있다.
당신이 더 나은 미래를 위하여
가꾸고 성공하는 데 필요한 것은 모두 책에 실려 있다.

모르는 것은 약이 아니다. 모르는 것은 병이다.
무지는 빈곤과 파멸을 가져온다. 무지는 비극을 불러온다.

무릇 성공하려면 독서를 많이 해야 한다.
무지를 일깨워 지혜를 발산하도록 해야 한다.
우리 인생의 모든 문제는 무지로부터 온다.

짐 론

쇠보다 강철이 강한 이유

현재의 고생이 즐거운 것은 아니다.
그러나 고생이 없는 인생은 가치 없는 인생이다.
쇠와 강철의 차이점은 불에 달려 있다.
그래서 항상 쇠보다는 강철이 더 값진 것이다.

말트비 D. 뱁콕

습관을 정복하라

습관을 정복한 자가 정상에 오른다.
습관이 가진 위대한 힘의 진가를 알아야 한다.
그리고 습관을 창조하는 것이
훈련이라는 사실을 이해해야 한다.
자신의 미래를 깨뜨릴 습관을
미리 깨뜨려야 한다.
그리고 성공을 쟁취하는 데
도움이 될 습관을 길러야 한다.
그러기 위해서는
필요한 훈련을 받아들여야 한다.

폴 게티

성공의 경로

탁월한 사람은
성공을 향한 일관된 경로를 따라간다.

성공을 위한 첫 번째 단계는
목표를 분명히 아는 것이다.
내가 무엇을 바라는지 분명하게 정의 내리는 것이다.

다음에는 행동을 취하는 것이다.
그렇지 않는다면 소망은 항상 꿈에 머물러 있을 것이다.
당신은 원하는 결과를 만들어 내는 데
최고의 확률을 가져올 것이라고 믿는 행동을
취해야 한다.

엔서니 라빈스

두 가지만 있으면 된다

성공에는 두 가지만 있으면 된다.

첫째, 자기가 원하는 게 뭔지 명확히 결정하는 것이다.
대다수의 사람들은 늘 어정쩡하다.

둘째, 그것을 얻기 위해 지불해야 할 대가를 정하고
그 대가를 지불하겠다고 결심하는 것이다.

해럴드슨 헌트

단단한 힘

가장 흔하고 가장 희생이 큰 실수 중의 하나가
성공을 우리가 소유하고 있지 않은
다른 무엇이라고 생각하는 데 있다.
성공은 일반적으로 계속 버티어 나가는 것이며
실패는 포기해 버리는 것이다.
당신은 언어를 배우고 음악을 공부하고
자신을 육체적으로 훈련시키려고 결심한다.
그것이 성공할 것인가 실패할 것인가에 대한 대답은
자신이 결심한 일이
얼마나 많은 용기와 인내를 가지고 있느냐에
달려있는 것이다.
어떠한 것도 자신을 주저앉힐 수 없다는 결심
아무것도 분리시킬 수 없는 단단한 힘이
성공을 가져올 것이다.

말트비 D. 뱁콕

그 길을 걷노라면 원하지 않던 일을 당하기도 하지만
결국 그것이 최선이었다는 사실을 알게 된다.

서두르지 마라

경험이 풍부한 노인은 곤란한 일에 부딪혔을 때
급히 서두르지 말고
내일까지 기다리라고 말한다.

사실 하루가 지나면 좋든 나쁘든 간에
사정이 달라질 수 있다.

노인은 시간의 비밀을 알고 있다.

사람의 머리로는 해결할 수 없는 일들을
시간이 해결해 주는 일들이 가끔 있다.

오늘 해결하기 어려운 문제는
우선 하룻밤 푹 자고 일어나서
내일 다시 생각해보는 것이 좋다.

곤란한 문제를 조급하게 해결하려고 서두르기보다는
한 걸음 물러서서
조용히 응시하는 것이 때로는 현명하리라.

슈와프

나를 찾는 길

배운다는 것은
당신이 이미 아는 것을 찾아내는 것이다.

행한다는 것은
당신이 이미 알고 있음을 증명하는 것이다.

가르친다는 것은
다른 사람들에게 그들도 당신만큼
알고 있다는 사실을 다시 일깨워 주는 것이다.

당신은 배우는 자이며
행하는 자이며
가르치는 자이다.

리처드 바크

미로 같은 인생

인생은 자유로이 여행할 수 있도록
시원하게 뚫린 대로가 아니다.

때로는 길을 잃고 헤매기도 하고
때로는 막다른 길에서 좌절하기도 하는 미로와도 같다.

그러나 믿음을 가지고 끊임없이 개척한다면
신은 우리에게 길을 열어줄 것이다.

그 길을 걷노라면
원하지 않던 일을 당하기도 하지만
결국 그것이 최선이었다는 사실을 알게 된다.

A. J. 크로닌

미켈란젤로 동기

미켈란젤로가 그의 가장 위대한 작품인
시스티나 성당의 600평방미터 넓이의
천장벽화를 그릴 때의 일이다.
그가 받침대 위에 올라가 누워서
천장 구석에 인물 하나를
조심스럽게 그려 넣고 있었다.
그 때 친구가 다가와 말했다.
"여보게, 그렇게 구석진 곳에서
잘 보이지도 않는 인물 하나를 그려 넣으려고
그 고생을 한단 말인가?
그게 완벽하게 그려졌는지 그렇지 않은지
누가 안단 말인가?"
미켈란젤로가 말했다.
"그 누가 아닌, 바로 내가 안다네."

살아가기

인생을 살아가면서
남의 눈 찡그릴 만한 일을
하지 말고 살아가십시오.
그러면 나를 향해
눈을 찌푸리고 바라보는 사람이 없을 것입니다.

당신의 이름을
큰 돌에 새기려고 애쓰지 마십시오.
당신의 이름을
길가는 행인의 입에 새기는 것이
더 길이 오래갈 것입니다.

명심보감 중에서

평범한 성공은 벌한다

내가 참석했던 시드니에서 열린 세미나에
필 대니얼스도 참석했다.
나는 '실패가 없으면 혁명은 없다' 라고
실패의 필요성을 역설했다.
그렇지만 그는 나보다 한 걸음 더 나아가
나의 경영방침을 이렇게 말했다.
'눈부신 실패에는 포상을 내린다.
그러나 평범한 성공은 벌한다.'

톰 피터스

부당한 비난은 무시하라

사람들은 종종 자신에게 향하는 조소나 욕설에
민감하게 반응한다.
누구나 마찬가지일 것이다.
그러나 이것은 현명한 행동이 아니다.
그렇다고 무작정 감내하라는 말은 아니다.
그저 지나쳐버리면 마음이 평온해진다.

자신의 마음속에서 올바르다고 생각한다면
다른 사람의 말에 신경 쓸 필요가 없다.
무슨 일을 하든 어차피 욕은 듣게 마련이며
비난의 화살이 쏟아지게 된다.
왜냐하면 그것이 세상사이기 때문이다.

데일 카네기

새벽이 되면

새벽이 되면
늘 소풍가는 날처럼
설렘으로 잠을 깬다면 얼마나 행복하랴.

포기할 줄 알면 절반은 이룬 것이다

포기할 줄 알면 절반은 이룬 것이다.
자기가 원하는 일을 위해
무엇을 포기해야 할지 아는 것은
그 일을 성취하기 위해 해야 할 일들 중
절반을 아는 것이다.

시드니 하워드

생동감 넘치는 삶을 살라

삶을 즐겁고 편하게 대하라.
삶을 느긋하게 대하라.
불필요한 문제를 만들어 내지 말라.

그대가 가진 문제의 99퍼센트는
삶을 심각하게 대하기 때문에 생긴 것이다.
심각함이 모든 문제의 뿌리다.

밝고 유쾌하게 살라.
밝게 산다고 해서 놓치는 것은 없을 것이다.

삶이 곧 신이다.
그러니 하늘 어딘가에 앉아 있는 신은 잊어라.

활기차게 살라.
생동감으로 넘치는 삶을 살라.
마치 이 순간이 마지막인 것처럼 매 순간을 살라.

강렬하게 살라.
그대 삶의 횃불이 활활 타오르게 하라.

단 한순간만 그렇게 산다 해도 그것으로 충분하다.
강렬하고 전체적인 한순간이
그대에게 신의 맛을 보여주기에 충분하다.

투명하고 전체적인 한순간
즉흥적이고 자발적인 한순간을 살라.
후회나 미련이 남지 않도록 강력하게 살라.

오쇼 라즈니쉬

사람들과 함께 있을 때

자기 자신의 말은 활발하게 하면서도
다른 사람들이 말하는 동안은
휴식시간으로 이용하는 경우가 없도록 하라.
자기가 말할 때는 생기 있게 보이지만
상대방이 말할 때는
뚱한 표정을 하는 사람들이 있다.
그런 사람은 아무리 총명할지라도
그와 함께 있는 사람들의 사기를 저하시킨다.

사람들과 함께 있을 때
당신이 그들과 전적으로
함께 있다는 느낌을 전달하라.
절반은 그들과 함께 있고
나머지 절반은 다음 약속을 미리
생각하고 있다는 인상을 주어서는 안 된다.

셰익스피어

슬퍼하는 사람들에게 동정하고 애도하면
당신은 다시 꽃을 받을 것입니다.

행복한 사람

행복에는 여러 가지 형태가 있다.
돈 있는 것도 행복의 하나요
지위 있고 명예 있는 것도 행복의 하나이다.
그러나 그 중에도 별다른 일이 없고
사고 없이 평온하게 지내는 것이
가장 큰 행복이다.

또 불행은 여러 가지 형태가 있는데
사람에 따라 그 경우가 천차만별이다.
그러나 그 중에도 가장 불행한 것은
마음이 사방으로 흩어져서
스스로 마음을 잡지 못하는 것이다.
내 마음을 조용히 하는 데에 여미고 있는 사람은
적어도 행복한 사람이다.

놀고 즐기는 일

평안한 가정에서 태어나서
평안하게 자란 사람은
부자유한 것을 모르기 때문에
자연히 그 마음이 방자하기 쉽다.
모든 일이 뜻대로 되기 때문에
자연히 놀고 즐기는 일이 많아진다.
그러나 그 놀고 즐기는 일이 사실은
불길과 같은 것이다.
다른 사람을 불태우기까지는 안 되더라도
자신을 불태워버릴 날이 올 것이다.

끝나지 않은 투쟁

내 안에는
하늘로 날아오르고 싶은 독수리가 한 마리 있고
진창에서 뒹굴고 싶은 하마도 한 마리 있다.

성공의 비결은 뒹굴고 싶은 욕망보다
날아오르고 싶은 마음을 따르는 것이다.
그것은 결코 끝나지 않은 투쟁이다.

칼 샌드버그

미래는 꿈

미래는 확실성이 아닌 꿈으로 만들어져 있다.
미래는 물리적인 세계가 아니라
우리의 사고와 꿈속에서 존재한다.
비행기도 꿈이었다.
미래는 꿈이라는 재료로 만들어진다.
당신은 훌륭한 소설가가 이야기를 상상하듯이
사업의 미래를 상상해야 한다.

롤프 얀센

모두 자기 자신에게

남을 사랑하여도 그 사람이 친해주지 않으면
자신의 사랑이 부족한지 반성하고
남을 다스려도 다스려지지 않으면
자신의 지혜가 부족한지 반성하며
예로써 사람을 대하여도 답례가 없으면
자신의 공경함이 부족한지 반성하라.
또 일을 행하여
바랐던 것을 얻지 못하는 것이 있으면
그 원인을 자기 자신에게서 모두 구하여라.

맹자

불행

불행을 불행으로서 끝을 맺는 사람은
지혜가 없는 사람이다.
불행 앞에 우는 사람이 되지 말고
불행을 출발점으로 이용할 수 있는 사람이 되어라.

불행을 모면할 길은 없다.
불행은 예고 없이 도처에서 우리를 기다리고 있다.
어떠한 지혜도 불행을 막을 길은 없다.
그러나 불행을 밟고 그 속에서
새로운 길을 발견할 힘은 우리에게 있다.
불행은 때때로 유익한 자극제가 될 수 있다.
우리는 불행을 자신을 위해 이용할 수 있다.

마음속 소유물

세상에서 유일하게
전적으로 통제 가능한 소유물은 상상력이다.
다른 것들은 가진 것을 빼앗아가고
온갖 수단을 다 동원하여 속임수를 쓰기도 하지만
절대 빼앗아갈 수 없는 것이 바로
상상력이다.

나폴레온 힐

마음의 운동

사람들은 운동으로 몸을 단련하고
건강을 지키는 일을 중요하게 생각한다.
누구나 신체 운동의 중요성을 알고 있다.
하지만 마음에도 운동이 필요하다.
당신은 마음의 건강을 위해 얼마나 자주
운동을 하고 있는가.

버니 S. 시겔

성공의 법칙

성공은 마술도 아니고
저절로 얻어지는 행운도 아니다.
성공은 모든 세세한 부분을 철저히 완성시키기 위한
지속적이고 강도 높은 노력에서 나온다.
어쩌면 평범한 인간사이다.

로자베스 모스 캔터

남의 성공을 도와주면

성공은
당신이 주변 사람들을
얼마나 밟고 올라섰느냐에 좌우되는 것이 아니다.
오히려 주변 사람들을
얼마나 끌어올려 주었느냐에 달려 있는 것이다.
그렇게 하는 과정 속에서
사람들은 당신을 끌어올려 준다.

나도 그렇게 해 주었다.

조지 루카스

바랐던 것을 얻지 못하는 것이 있으면
그 원인을 자기 자신에게서 모두 구하여라.

기적

쉬운 삶을 달라고 기도하지 말고
더 강한 사람이 되게 해 달라고 기도하라.

당신의 능력에 맞는 일을 구하지 말고
당신의 일에 맞는 능력을 구하라.

그러면 당신이 하는 일이 기적이 아니라
당신 자신이 기적이 될 것이다.

필립 브룩스

사소하지만 중요한 일

우리가 가장 조심해야 할 것은
사소한 감정을 어떻게 처리할 것인가이다.

사람은 흔히 큰 불행에 대해서는 체념을 하지만
오히려 사소하고 조그만 기분 나쁜 일에 대해서는
감정을 억제하지 못한다.

그러나 우리가 마음의 준비를 갖추어야 할 것은
큰 불행보다는 작은 일에 있다.

사소하게 기분 나쁜 일들은 하루에도 몇 번씩 부딪치고
그 사소한 일들이 도화선이 되어
큰 불행으로 발전하는 일이 적지 않다.

감정이란 그릇이 기울면 평화가 파괴된다.
감정의 그릇이 기우는 순간을 조심해야 한다.

알랭

아쉬움을 남겨두어라

아쉬운 것을 남겨두어라.
완전히 행복하면 불행해지기 쉽다.
육체는 숨을 쉬고 정신은 노력해야 한다.

모든 것을 가지면 실망이 오고 만족하지 못한다.
우리의 오성에게는
알고 싶은 것이 남아 있어야 한다.
그래야 호기심이 일고 희망이 되살아날 수 있다.

칭찬할 때도 완전한 만족을 주지 않는 것이 수완이다.
더이상 원할 것이 없으면 모든 것이 두려워진다.

이 얼마나 불행한 행운인가.
소망이 그치는 곳에서 바로 두려움이 시작된다.

발타자르 그라시안

오늘 무엇을 준비하느냐에 따라
내일의 성공이 결정됩니다.

운명을 결정하는 것은
우연이 아니라 선택입니다.